La isla del fin de la suerte

Novela
Crimen y Misterio

Lorenzo Silva

La isla del fin de la suerte

Ediciones Destino

Diseño e ilustración de la cubierta: Opal
Fotografía del autor: © Manuel Silva, 1999

Primera edición en Colección Booket: abril de 2002
Depósito legal: B. 10.499-2002
ISBN: 84-233-3328-0
Impreso en: Liberdúplex, S. L.
Encuadernado por: Liberdúplex, S. L.

Printed in Spain - Impreso en España

Biografía

Lorenzo Silva (Madrid, 1966) fue proclamado ganador del Premio Nadal 2000 con *El alquimista impaciente*. En 1997 quedó finalista del mismo premio con *La flaqueza del bolchevique*. Es autor también de algunas obras para el público juvenil, y de las novelas *Noviembre sin violetas*, *La sustancia interior*, *El lejano país de los estanques*, con la que en 1998 obtuvo el Premio Ojo Crítico en la modalidad de narrativa, *El ángel oculto*, *El nombre de los nuestros* y *El urinario*. Su último libro publicado ha sido *Del Rif al Yebala. Viaje al sueño y a la pesadilla de Marruecos* (Destino, 2001).

Una especie de prólogo

La isla del fin de la suerte no es una novela como las demás. Por lo menos, esto queda a mi alcance afirmarlo, no es una novela como las demás que he escrito. Tuve la compañía de no pocos lectores mientras la hacía, lo que introdujo relevantes diferencias.

Por lo general el novelista escribe a solas, y aunque esa circunstancia parezca otorgarle una libertad ilimitada, más bien acaba produciendo el efecto contrario: los personajes y los hechos terminan relacionándose los unos con los otros de una forma casi inexorable. Resulta evidente que en una novela no puede pasar cualquier cosa. Pero cuando el novelista sopesa en perfecta soledad su artefacto, no es raro, aunque pueda resultar paradójico, que se sienta por completo despojado de elección. La historia tiende a manifestársele de un modo imperioso y exclusivo: es la que es y como es, y no podría ser jamás de ninguna otra manera. Todos los que se hayan tomado alguna vez la molestia de narrar algo cuidadosamente, y aceptando una mínima responsabilidad sobre los resultados, sabrán bien a qué me refiero.

Para crear esta novela, tuve que alterar radicalmente mi forma de escribir. Hube de sustituir el principio de *necesidad* por el principio de *posibilidad.* No me cabía afrontar la narración de la forma en que suelo, es decir, como si se tratara de una historia única e ineludible, sino justo al contrario: tuve que planteármela como una baraja de historias alternativas, entre las que otros iban a escoger impredeciblemente. El relato (y ésa era su esencia) escapaba del férreo determinismo de la creación solitaria para exponerse al azar de la elección colectiva. Para exponerse de verdad, aunque algunos (siempre hay escépticos) hayan dudado de la autenticidad de la experiencia. En la escritura de esta novela puedo decir, y lo digo con gozo, que he estado acompañado por muchos, y que ellos han decidido en buena medida lo que ha acabado resultando, aunque no haya ni una sola línea que no haya escrito yo.

La novela apareció originalmente en seis entregas, entre el 8 de mayo y el 18 de julio de 2001, en la *web* de Círculo de Lectores. Pudo leerse en línea a medida que iba creciendo, pero también pudo hacerse algo más. Cada capítulo se publicaba con tres finales posibles. Cada una de las opciones que se facilitaban a estos efectos marcaba un rumbo distinto a la historia. Los lectores fueron los que decidieron con sus votos, capítulo a capítulo, por cuál de las opciones que se les ofrecía continuaría el relato. En el sexto y último capítulo, eligieron, entre cuatro alternativas, el desenlace de la novela[1]. Además, a través de los foros que se abrían con cada entrega, los lectores más participativos manifestaron sus opiniones sobre lo

1. El texto de la novela aquí contenido es el que resultó de las votaciones de los lectores. Quien quiera conocer las opciones descartadas, las encontrará, por lo que toca a cada capítulo, al pie de su última página, y por lo que se refiere al desenlace final, en el apéndice 2 de este libro.

que iban leyendo y formularon abundantes hipótesis y sugerencias. Esas opiniones, esas hipótesis y esas sugerencias pudieron así influir (e influyeron) sobre el contenido de los capítulos sucesivos. Es decir: no sólo se encomendó al lector la toma de decisiones normalmente reservadas al novelista (cómo terminar cada capítulo, cómo terminar la novela); sino que también se le dio la posibilidad de influir en tiempo real en el proceso de creación, que por lo común resulta más o menos inmune a su lectura (en tanto que ésta se produce *a posteriori*, cuando la obra está concluida). Y el novelista, por su parte, pudo conocer mientras la historia avanzaba los efectos que iba produciendo en quienes la leían, y ajustar su invención en función de las reacciones que observaba en sus destinatarios (a veces complaciendo sus deseos, y otras veces, por qué no, desafiándolos, que también es una forma de intentar seducir).

Por todo lo dicho, me gusta pensar en esta novela como en una obra *compartida*, en la que la autoría ve resquebrajado su tradicional carácter individual para abrirse a la multitud. Pero no a una multitud cualquiera, sino a esa multitud de lectores activos y generosos que constituyen, a mi juicio, la única y verdadera *república de las letras* (por más que algunos pelmazos y no pocos pedantes pretendan apoderarse de la expresión para ponerla al servicio de sus rancios intereses). Se trata, por fortuna, de una multitud lo bastante amplia, y por eso la novela no quiso excluir a nadie, sino al revés, incluir a todo aquel que deseara perder un poco de su tiempo leyendo un libro; invitándolo, de paso, a hacer sonar su voz e influir en lo que en el libro sucedía. Nadie tuvo que pagar un duro ni acreditar ningún otro requisito que el de saber leer y poder manejar un ordenador para participar en el juego. Sin duda la fórmula era mejorable, pero me pareció una buena manera de dar al lector el protagonismo que a menudo se le niega, al relegarlo al papel de *consumidor* de ejemplares que sostiene, mediante el pago de su precio, las finanzas y el prestigio (o lo que es peor, la vanidad) de quienes escriben.

Sé que algunos han dudado de que la novela estuviera abierta, como afirmo, a la influencia y el designio de los lectores. Hay quien ha llegado a decir que la historia estaba completamente escrita de antemano y que las opciones eran una pura simulación. No tengo nada más valioso que mi palabra, así que al que dude de ella, nada más le puedo ofrecer. Pero quien quiera puede hacer el ejercicio de comprobar que el comienzo de cada capítulo está directamente determinado por el final del anterior, y que de haber sido otra la opción elegida por los lectores, el texto no habría tenido el menor sentido. También puede observarse que fueron los lectores, mediante su votación, quienes escogieron a la víctima, a uno de los detectives y al culpable. No me parecen aspectos secundarios, en una novela de intriga criminal, como lo es ésta. Y me gustaría que alguien me explicara cómo podía tener escrito de antemano, por ejemplo, el final en el que un personaje que habría podido ser el cadáver en el primer capítulo (de haberle votado como tal los lectores) acaba declarándose como el asesino ante el resto de los personajes.

Naturalmente, esta incertidumbre comportaba un

alto riesgo a la hora de componer una novela. Sustituir el criterio de necesidad narrativa por el de abrir a cada paso múltiples posibilidades, ponía en notorio peligro la calidad y la coherencia del resultado. Si a eso se le sumaba que cada capítulo debía escribirse contrarreloj, en un plazo de diez días que en la práctica fueron alguna vez muchos menos (la vida suele complacerse en oponernos dificultades imprevistas), había motivos más que sobrados para la inquietud.

Sobre lo que al final salió, no soy yo, precisamente, el más indicado para emitir un juicio. Lo único que puedo decir es que lo publico con mi nombre y que acepto mi total responsabilidad sobre su contenido, sin escudarme desde luego en los lectores (todo lo escribí yo, aunque ellos seleccionaran y enriquecieran mis ideas), ni en las apreturas de tiempo, ni en la dificultad de ingeniar varias historias alternativas y procurar que cualquiera de ellas cuadrara razonablemente al final. Por lo demás, nunca me he considerado un genio, ni aspiro a que esta o ninguna otra de mis novelas sea certificada como obra maestra. Aquí quise sólo ofrecer al lector un diálogo ameno y leal y un relato que procurase algún agasajo a su cerebro y a su corazón. Con eso me conformo, y no me parece por cierto una aspiración desdeñable.

Tampoco tengo grandes pretensiones respecto del carácter innovador o pionero de esta novela, como utilizadora de los recursos que ofrece Internet o como muestra de creación interactiva. Honestamente no conozco ninguna experiencia previa que sea igual a ésta, pero eso tampoco quiere decir demasiado. Ha habido muchas manifestaciones de literatura interactiva antes, y me imagino que habrá muchas más en los tiempos venideros. No soy tan estúpido como para creer que entre esas otras tentativas, pasadas y futuras, no abundarán las que superen a *La isla del fin de la suerte* en cualquier aspecto, desde la participación del lector hasta la excelencia literaria. Lo que puedo decir es que para mí, como escritor, ha sido una experiencia incomparable. He pasado algún apuro, desde luego, por tener que escribir de una manera tan extraña a mi costumbre, pero como contrapartida he recibido innumerables gratificaciones. La máxima de todas, sentir al lector, a menudo con nombre y apellidos, sentado a mi lado y animándome a continuar. Debo aquí dar las gracias a todos los que con su lectura y sus opiniones hicieron posible y mejor esta novela. No quiero mencionar el nombre de ninguno porque sería grosero e injusto para los que omitiese. Vosotros sabéis quiénes sois, y a muchos he tenido ocasión de decíroslo personalmente o por correo electrónico (en consonancia con el origen ciberespacial del invento).

También debo extender mi gratitud, y lo hago muy especialmente, a todo el equipo de Círculo de Lectores y de Círculo Digital, a quienes no sólo me corresponde reconocerles una buena parte de la paternidad de la idea, sino también el apoyo logístico y moral necesario para llevarla a cabo.

Y en fin, aunque este prólogo se me está alargando mucho más de lo aconsejable, tampoco quisiera dejar de decir un par de cosas sobre la novela en sí. Algún lector me ha reprochado, me temo que justamente, no haber advertido que la historia es una parodia de *Diez negritos,* de Agatha Christie. No lo hice, en primer lugar, porque pensé que cualquiera (o casi cualquiera) lo descubriría por sí mismo. Por otra parte, y sin negar ese punto de partida, creo honradamente que tanto las intenciones como la estructura narrativa de *La isla del fin de la suerte* difieren mucho de las de *Diez negritos*. No sé si mi historia va más allá o se queda más acá, pero desde luego se dirige claramente a otra parte. Cuando uno parodia, en suma, está expresando una discrepancia. La mía es respetuosa, aunque no por eso menos firme. No apruebo el estilo de Agatha Christie, con su psicologismo utilitario y abstracto, ni las ventajas que se toma sobre el lector. Comparto en gran medida lo que de ella escribió Raymond Chandler, que la acusaba de hacer trampas para sorprender (véase, si no, en *Diez negritos,* cómo al principio de la novela, y más en concreto en el segundo capítulo, quien a la postre se revelará como el asesino *piensa* algo que le descarta como tal, porque expresa extrañeza sobre algo que al culpable no puede provocarle ninguna).

Por eso, y aunque la historia que cuenta *La isla del fin de la suerte* resulte en general desenfadada y los detectives se conduzcan de forma lamentable, he procurado (lo que no ha sido fácil, manteniendo todo el tiempo varias opciones abiertas) que ningún personaje que pudiera luego ser el *malo* hiciera o pensara nada que resultase incompatible con su eventual carácter de tal. En algún momento puede mentir (es quizá el primer deber del sospechoso) pero nunca *mentirse,* que es la forma más burda de mentirle al lector.

En resumen, escribí con la máxima libertad, para que el lector tuviera la máxima libertad al leer y elegir, porque este libro es en gran medida un juego, y la diversión compartida, su principal objetivo. Pero eso no excluye otros propósitos, que he intentado realizar dentro de los límites que me impusieron mi capacidad y las circunstancias. Al menos, procuré que el juego tuviera el rigor suficiente para no quedarse en tontería.

Celebro, por último, que alguien piense que merece la pena convertir en un libro de los de siempre el bonito juego electrónico que unos cuantos miles de desaprensivos compartimos durante diez intensas semanas. Así podemos guardarlo los que lo vivimos y así puedes descubrirlo tú, lector que ahora te lo encuentras y que quedas, por supuesto, invitado a sumarte a él.

Madrid-Getafe, 20 de agosto de 2001

La isla del fin de la suerte

There are certain queer times and occasions in this strange mixed affair we call life when a man takes this whole universe for a vast practical joke, though the wit thereof he but dimly discerns, and more than suspects that the joke is at nobody's expense but his own.

(Hay, en este extraño y entremezclado asunto que llamamos vida, ciertas situaciones y coyunturas extravagantes en las que a uno le da por tomarse el universo entero como si sólo fuera una enorme broma, aunque apenas le vea borrosamente la gracia, y tenga algo más que sospechas de que la broma no es a costa de otro que uno mismo.)

Herman Melville, *Moby Dick*

I. Malas compañías

Llamadme Ismael, o como os dé la gana. Yo escribiré Ismael porque tengo buenas razones para ocultar mi verdadera identidad, y porque resulta muy fatigoso llamarse a sí mismo X, o I., o verse obligado a buscar maneras de eludir a toda costa, a lo largo de un relato en el que uno interviene, la mención de su propio nombre. Tampoco pienso decir a qué me dedico, ni dónde nací, ni si recuerdo con nostalgia mi niñez o si mis padres me inflaban a mamporros y eso me dejó un trauma irremediable que condiciona mi carácter, bla, bla, bla. No sé vosotros, pero yo estoy harto de que la gente me cuente su vida y además se muestre siempre convencida de que su vida tiene que importarme un huevo. Yo hice, yo tengo, yo creo, yo exijo, yo necesito, a mí me duele, a mí me gusta, a mí me pica... La civilización occidental empezó protegiendo al individuo de los abusos, lo que seguramente resulta juicioso, pero ha acabado generando enormes masas de ególatras que se sienten con derecho a una atención ilimitada, lo que constituye un disparate físico, biológico y filosófico bastante notable. Porque no tenemos derecho a nada, ni siquiera al aire que respiramos, y del que en cualquier momento se nos puede despojar sin que el mundo detenga su rotación. Todos los días mueren a cientos, y de formas a veces indignas, atroces e injustas, personas mucho mejores y más valiosas que uno. Pausa para reflexionar.

Y ahora que os sentís culpables, no es éste el propósito de mi historia. Quizá hasta sirva para demostrar todo lo contrario, o sea, que el ser humano es demasiado insignificante para creerse merecedor de castigo o acreedor a algún premio. Pero también puede suceder que mi historia no tenga ningún propósito. A fin de cuentas se trata de algo que pasó, y nunca se sabe muy bien por qué ni para qué pasan las cosas. Al menos yo no he llegado a descubrir un sentido demasiado preciso en lo que me dispongo a referir, ni en el resto de los sucesos que he vivido desde que empecé a enterarme de lo que ocurría a mi alrededor. La diferencia es que el conjunto de mi biografía me parece bastante monótono, y sin embargo esta historia presenta algún detalle inusual. Por eso me permito la desfachatez de contarla.

Todo empieza un día de verano en un sitio inhóspito, una enorme sala en una terminal del aeropuerto de Estocolmo. Podría retroceder algo más en el tiempo, pero no estoy muy seguro de que eso me proporcionara una razón plausible para justificar por qué me encontraba en aquel lugar. Digamos que allí estaba, y añadamos que estaba más bien perdido. Acababa de aterrizar procedente de Madrid, y después de recoger mis maletas y mostrar mi pasaporte a un pulcro policía sueco, había salido al lugar donde presuntamente debía haber alguien esperándome. Llevaba allí un par de minutos, cabeceando a izquierda y derecha, y empezando a sentirme tan ridículo como la situación y las displicentes miradas azules de los indígenas allí presentes requerían, cuando reparé en otras cuatro personas que parecían presas de una desorientación similar. Se trataba, por un lado, de una pareja que podríamos calificar de asimétrica, compuesta por un sexagenario atildado y una lozana joven de poco más de veinte años, notoria usuaria de sendos implantes mamarios de calidad, a no menos de millón la pieza. Los otros dos, en cambio, eran o lucían como un matrimonio perfectamente simétrico, ambos en mitad de la cuarentena, él vestido de pies a cabeza por Armani y ella por Donna Karan, aunque puede que me equivoque porque en realidad a mí las marcas de ropa me importan un bledo. Yo me visto con lo que pillo, tanto me da la marca blanca de Carrefour como las segundas o terceras marcas de El Corte Inglés. Quizá para resarcirme de mis muchas limitaciones, la naturaleza me proveyó de un buen palmito y una jeta aparente, así que cualquier pingajo que me ponga encima produce buena impresión.

Espero que se me disculpe esta pequeña digresión personal (prometo no reincidir), pero es que viene a cuento porque la manera en que trabé contacto visual con ambas parejas fue a través de las damas. Tanto la jovencita como la cuarentona resultaron al punto magnetizadas por mi apostura, y mientras sus acompañantes buscaban en vano por toda la sala de llegadas, ellas me observaban con esa falta de complejos que el proceso de liberación femenina en curso ha traído a las mujeres pudientes o potentes (a las otras, los complejos se les han multiplicado), y que tan placentera resulta para los que somos guapos y bien construidos. He oído a veces, en debates radiofónicos o entrevistas a psicólogos, tonterías increíbles acerca de los problemas que tienen las personas bellas. Lo cierto es que la belleza da poder, y tener poder, sea de la clase que sea, es de lejos lo que más reconforta.

Hallábame yo, pues, gozando de la sensación de atraer a aquellas dos féminas, que me aliviaba de la de estar plantado en el aeropuerto de Estocolmo, aguardando como un panoli, cuando un razonamiento se abrió paso en mi cerebro. Algo me decía que aquellas cuatro personas eran compatriotas: quizá esa manera un tanto palurda de ostentar mundanidad y solvencia económica que suele distinguir a los pijos hispanos en un aeropuerto extranjero, o quizá el hecho de que el viejo llevara el *ABC* doblado bajo el brazo y la cuarentona *El País Semanal*. Forzando un poco la máquina de pensar, di en suponer que podían haber venido en el mismo avión que yo, y estar esperando, precisamente, por la misma causa. Hay quien en estas situaciones se para a hacer una cuidadosa comprobación de la cadena de silogismos y a realizar un análisis de probabilidades de error en su suposición. No es ése mi caso, así que me acerqué a la veinteañera neumática, sosteniendo con aplomo la mirada de sus ardientes ojos verdes, y le espeté a bocajarro:

–Me parece que estamos esperando lo mismo.

La insinuante leona (he olvidado mencionar que lucía una rizada cabellera de color canela) me observó a fondo y, poniendo en su voz toda la frialdad que no había en su mirada, repuso:

–No sé. ¿Tú quién eres?

Ésos son los momentos en los que una colonia de hombre se la juega, así que sin aflojar ni un ápice, le informé:

–Soy un invitado de Bruno Pezzi. Ismael.

Y le tendí la mano. Tardó un par de segundos en cogerla, lo que probaba mi triunfo. Lo ratificó tartamudeando:

–P... pues, sí, c... creo que vamos al mismo sitio. Nosotros también venimos invitados por ese señor. Yo soy Lucía.

Invitados por ese señor. La adorable inocencia de los veinte años, aun parapetada tras dos tetazas de silicona capaces de amortiguar el impacto de un AVE a toda máquina. Le sonreí de buena gana, mientras estrechaba su mano tibia y blandita. Su acompañante se percató entonces de nuestra conversación, y acudió desde donde se encontraba, a unos diez o doce pasos, como un cernícalo al nido donde alguien enreda con sus polluelos.

–Mira, Ignacio –explicó Lucía, sin darle tiempo a preguntar–, éste es Ismael, y también está esperando a...

–Encantado –la interrumpió el cernícalo, disparándome una mano que intercepté, lo que me valió un apretón quebrantahuesos, por continuar con los símiles ornitológicos.

El tipo marcaba su territorio. Para su edad, aún conservaba energía. También estaba muy bronceado, y aunque fuera metiendo tripa se daba un aire de deportista que sigue en la pelea.

–Me parece que esos señores también son del grupo –dije, señalando a los otros y tratando de sacar la mano de aquel cepo teñido de UVA.

Bastó ese gesto para que la cuarentona viniera hacia nosotros, no sin antes llamar a su marido con un desganado (o hastiado) *Pancho* que sirvió, entre otras cosas, para demostrar que no le tenía ningún respeto.

–¿Esperan también ustedes a alguien de parte de Bruno Pezzi? –inquirió, apenas llegó a nuestra altura.

–Sí –respondí–. Me temo que nos han plantado a todos.

–Mónica –dijo, dándome la mano y posponiendo a los demás.

Tenía una bonita mano, Mónica, larga y blanca, y aún conservaba fundamentos suficientes para provocar alguna fantasía lúbrica. La palmaria desventaja que padecía respecto de Lucía en cuestión de frescura, la compensaba en buena medida con una astucia muy superior. Sé identificar a una mujer peligrosa, así que estreché aquellos dedos con la misma cautela con que habría estrechado un tubo de ensayo lleno de ácido sulfúrico.

Pancho, en cambio, resultó ser un individuo francamente pobre. Lo delató la manera en que fue saludando a todos, sin mirar a nadie a la cara, la inquietud agobiante de sus ademanes, sus continuas afectaciones de impaciencia. Durante el primer minuto, comprobó por dos veces la ausencia de mensajes y la regularidad de la cobertura en la pantalla de su teléfono móvil, y ojeó su reloj en no menos de cuatro ocasiones. Sin duda, el tipo ignoraba cuánto desacredita a un hombre la prodigalidad en gestos inútiles.

Aún debimos esperar otros cinco minutos, antes de que hiciera su aparición en la sala un chófer de raza negra, que venía corriendo como un desesperado con una pizarrita blanca y un rotulador en la mano. Sin dejar de correr, descapuchó el rotulador y empezó a escribir en la pizarrita. Pude leer al vuelo las letras MR LO y ahí le detuve, impidiendo por muy poco que embistiera una papelera de estilizado diseño sueco, pero llena de la inmundicia habitual en cualquier papelera aeroportuaria. Me dirigí a él en inglés:

–*Excuse me, sir. Have you been sent by Mr Pezzi?*

El hombre me miró con una especie de espanto.

–*Yes, yes, yes* –repitió, nerviosamente, en cuanto pudo reaccionar–. *Are you perhaps, let me see...?*

–*If you're looking for five people, that's it. We are all here* –le apacigüé.

–*Five, yes, yes, yes... I apologize, but...*

A nadie interesaron sus disculpas. La noticia era que el orden se había restablecido: ya no éramos una pandilla de pringados tirados en un aeropuerto, sino unas personas importantes a las que venía a recoger un chófer de color, al estilo más clásico. Las mujeres le encomendaron sus maletas, que él recogió como pudo, y los hombres echaron a andar hacia la salida sin volver la vista atrás. Entre Pancho e Ignacio se había establecido rápidamente una conversación en torno a sus afinidades, de la que me placía sobremanera estar ausente. Me quedé rezagado, echándole una mano al chófer. Sólo desde lejos me llegaban retazos de lo que decían, del tipo:

–... es un entorno favorable para los especuladores, pero a largo plazo...

Se comprenderá sin duda que prefiriera departir con el chófer, que se llamaba Raymond y procedía de

Sierra Leona, lo que le convertía, al menos, en un hombre con una historia que contar. Además, ir el último de todos me permitía sopesar desde otro ángulo a las dos mujeres, que de vez en cuando se volvían para comprobar que seguía tras ellas. Mientras las miraba, soñaba, sólo por distraerme, con la posibilidad de tener que elegir entre una y otra, y no acababa de tener muy clara la decisión. Contra mi pronóstico inicial, la retaguardia de Mónica era un dato a su favor. La cháchara de Lucía, en cambio, certificaba ampliamente sus carencias.

Suelen resultar engorrosos los primeros momentos que uno ha de pasar con personas a las que no conoce y a las que no ha elegido, y lo son especialmente cuando ocurren en un lugar estrecho. Por eso omitiré detallar el trayecto que realizamos en la minifurgoneta que había traído Raymond. Sólo diré que nos llevó hasta un helipuerto no demasiado lejano, donde un aparato con el rotor ya en marcha nos aguardaba sobre la pista.

Raymond nos ayudó a cargar las maletas en el helicóptero, sin deshacerse de su sonrisa servicial ni de su embarazo por el retraso con el que había acudido a recogernos, aunque nadie reparase ni en lo uno ni en lo otro. Dejé que los otros subieran primero y me paré a estrechar la mano del chófer, que pareció agradecer sinceramente mi gesto. Por un momento me entraron ganas de no subir a la máquina voladora y quedarme en tierra para seguir charlando durante un rato con él. Pero el copiloto del helicóptero, un hombre rubio y sonrosado, me hizo ver amablemente que estaba retrasando el despegue, que estaba cometiendo la torpeza de prestar demasiada atención a un lacayo y también que a veces, en la vida, las compañías vienen dadas. Así que me encaramé al habitáculo, en el que había seis asientos en dos filas de tres, y me vi obligado a resolver si pasaba a la de atrás, ocupada por Mónica y Pancho, o me quedaba en la primera, junto a Ignacio y Lucía. Opté por lo más sencillo y me acomodé delante. Además, el egoísta de Ignacio se había cogido ventanilla y eso me permitía sentarme junto a Lucía, que estaba en el centro. El tipo advirtió su error, pero ya era demasiado tarde para enmendarlo. No podría decir qué me halagó más, si la sonrisa pícara de Lucía o la mirada resentida de Mónica. A veces, es delicioso ser malo.

Llegados a este punto, supongo que debo empezar a aclarar qué demonios hacía yo en Estocolmo, metido en un helicóptero con aquellos cuatro pintorescos especímenes de la raza ibera y dos asépticos tripulantes suecos. No lo puedo explicar del todo, pero iré por partes y espero disipar algo la perplejidad que a estas alturas de mi narración quizá embargue al lector.

En primer lugar, y por razones de economía, diré sin más preámbulos quiénes eran y a qué se dedicaban mis acompañantes. Ignacio, comienzo por el decano, trabajaba en una gran entidad financiera. De hecho, era consejero y vicepresidente de la entidad en cuestión, candidato a presidirla a la vuelta de un par de años y dueño de una fortuna calculada entre quince y veinte mil millones de pesetas (entre noventa y ciento veinte millones de euros). Considerando que había entrado en el banco con una mano detrás y otra delante, podrán estimarse proporcionalmente su codicia y su falta de escrúpulos. Lucía era la tierna conejita que por aquella época se gastaba, sexta de la lista iniciada tras el costoso repudio de su legítima y polidescolgada esposa. La niña pertenecía a una ofendida familia bien, con la que a la sazón Ignacio andaba tratando de pactar un armisticio general y unas capitulaciones matrimoniales que le permitieran desposarla y no arruinarse si a la vuelta de cinco años se aburría de ella. Eso quería decir que Lucía le tiraba bastante, pero no tanto como para olvidarse de sí mismo. Otra cosa que quizá debo explicar acerca de esta pareja era por qué había venido en un vuelo de Iberia, aunque fuera en primera, y no en el *minijet* de la compañía de *time-share* con la que Ignacio tenía contratado su desplazamiento aéreo. Aunque la compañía se comprometía a poner un avión a disposición del cliente, en cualquier lugar del mundo, con un simple preaviso de ocho horas, esta vez el servicio había fallado, dando como excusa la demanda que se concentraba en aquellas fechas veraniegas. Pude saberlo porque Ignacio, tacaño como buen millonario, ya se había ocupado, durante el breve recorrido en la minifurgoneta, de llamar a su abogado en Madrid para ordenarle que reclamase una indemnización a la compañía por el incumplimiento contractual.

Pancho, por su parte, era uno de los tres socios fundadores de una de las pocas sociedades de valores y bolsa de Madrid que no habían sido fagocitadas por alguna multinacional del ramo. Podía ser tan rico como Ignacio, aunque era más difícil establecerlo.

Debía comportarse con cierta discreción porque su trabajo consistía fundamentalmente en relacionarse con otros opulentos y convencerlos de que le encomendaran la multiplicación de sus panes y sus peces. Eso le movía a no ostentar demasiado, no fueran a pensar sus clientes que les sisaba más de lo debido, pero no le impedía, por cierto, sentirse muy por encima del noventa y nueve coma noventa y nueve por ciento del género humano, y hacerlo patente en cuanto se le daba ocasión. Mónica, su maquiavélica consorte, no se dedicaba a nada, salvo gastar el dinero del marido en gimnasios, operaciones y ropa que realzase su figura. Le tenía completamente comida la moral, no en balde era mucho más inteligente que él, pero sabía que en el momento en que dejase que el culo se le escurriese, toda su elegancia, todo su ingenio y todo su *savoir faire* podrían sucumbir ante una pavisosa con las peras apuntando al norte. Y Mónica no estaba dispuesta a tolerar semejante humillación. Esperaba resistir hasta que él estuviera sólo para sopitas, quizá con ayuda de algún prematuro derrame cerebral causado por el estrés; entonces contrataría a alguien para que le atendiera y ella se entregaría a seguir disfrutando de la vida. Había aprendido a hacerlo, y se ejercitaba cuando y con quien le venía en gana.

Hechas las presentaciones, corresponde decir adónde nos dirigíamos. Se me permitirá que no dé el nombre exacto, no sólo por razones de confidencialidad, sino por no incurrir en esa manía odiosa de apabullar al personal con topónimos exóticos. Se me revuelven las tripas cuando alguien me dice: «Oh, sí, estuvimos en Cliffordshire, qué lugar, ¿no lo conoces?». La cosa me revienta, sobre todo, porque el que lo dice *sabe* que no has estado nunca, y porque casi siempre sigue la exhibición de las fotos (si están disponibles), una breve o extensa descripción de los matices del paisaje que las fotos no muestran, una caracterización meteorológica de la zona («allí llueve siempre, pero nos hizo un tiempo magnífico») y la prolija exposición de todos los tesoros de la gastronomía local que el pelmazo de turno pudo degustar. Así que sólo indicaré que, apenas se separó del suelo, el helicóptero apuntó hacia el este, luego describió un giro de noventa grados (no diré hacia dónde) y puso rumbo a una diminuta isla del Báltico. ¿Cuál? Una de tantas próximas a la costa sueca de dicho mar, aunque lo bastante aislada como para hallarse a unas treinta millas de cualquier pedazo de tierra habitada.

Temo que con estos datos no consigo otra cosa que aumentar el estupor de quien me esté leyendo. Alguno se dirá: «Pero bueno, ¿cuándo va a contestar las verdaderas preguntas?». ¿Qué relación tenía yo con aquella gente? ¿Qué íbamos a hacer a la isla en cuestión? Calma. Aquí llegamos, al fin, al meollo de todo: no tenía ninguna relación con ellos, y no íbamos a hacer nada en absoluto. Ellos, como yo, habían sido invitados por Bruno Pezzi, el dueño de la isla, a pasar una semana de vacaciones en su lujosa y solitaria residencia, erigida sobre aquel peñasco perdido en mitad del Báltico.

Para que se vea que a pesar de todos mis defectos soy un hombre ordenado, ahora diré quién era Bruno Pezzi. Y sospecho que es necesario aclarar, en primer lugar, que éste no era su verdadero nombre, sino un seudónimo que la precaución me aconseja imponerle. No porque su nombre pudiera resultar conocido, sino justamente porque uno de los mayores esfuerzos a los que este hombre dedicaba su vida era a que nadie supiera de él. Bruno Pezzi, es decir, el individuo al que escondo bajo ese nombre, era uno de los diez hombres más acaudalados del país. Podía ser el primero o el noveno, eso no hay manera de saberlo, pero uno de los diez primeros, sin duda. Ahora bien, al contrario que algunos pazguatos, que en cuanto se ven rodeados de un lujo superior a la media se ponen a enseñarlo, y salen en las revistas del corazón y montan fundaciones con su nombre para hacerse inmortales, Bruno Pezzi había comprendido la conveniencia de volverse invisible. Sólo unos pocos sabían de él, y todos tenían motivos para no dar tres cuartos al pregonero. Ignacio lo mismo que Pancho, por poner dos ejemplos que vienen a propósito. Los intereses de Bruno Pezzi, siempre a través de personas y entidades interpuestas, abarcaban un número casi inimaginable de sectores. Puede que con los calzoncillos que llevas, lector, o con la crema desmaquilladora que acabas de utilizar, lectora, le hayas hecho ganar dinero. Y porque era verdaderamente rico, y no tenía el menor deseo de que se supiese, en lugar de hacerse una casa en Marbella, rodeado de horteras, o en Mallorca, entre descerebrados inopinadamente enriquecidos por el cine o la pasarela, se había comprado una isla en el Báltico, bien lejos del centro de sus intereses económicos, y allí había construido su secreto bastión. O sería más apropiado decir uno de ellos. Poseía otros varios, adecuados a las distintas estaciones del año. En el del Báltico pasaba los veranos, y durante una semana, porque no es bueno que el hombre esté solo, invitaba a que le hicieran compañía a unos cuantos bufones escogidos, que se apresuraban a aceptar la invitación y acudir a la llamada del gran y misterioso personaje. Eso explicaba la presencia en aquel helicóptero de Ignacio y su mascota veinteañera, así como la de Pancho y su ama *dominatrix*. En cuanto a mí, no podía descartar que también me hubiera invitado para amenizarle el estío báltico, pero en principio carecía de las circunstancias que concurrían en los otros. Ni le gestionaba una sola peseta de sus dineros, ni poseía más que unos pocos millones (y no de euros) ahorrados en una cuenta-vivienda. El pretexto que me había conducido allí era uno mucho más primitivo: la llamada de la sangre. Bruno Pezzi era primo de mi padre, y aunque no nos habíamos visto desde hacía treinta años, cuando mi dieta aún incluía Cola-Cao y *tigretones,* alguien debía de haberle llamado últimamente la atención sobre mi existencia y el gran dios había decidido darse por aludido. Por contarlo todo, no era la primera vez que Bruno Pezzi intervenía en mi vida. Diez años atrás, uno antes de morir, mi padre había ido a prosternarse ante uno de sus subalternos (a él era imposible acceder), para que, en honor al vínculo familiar, me ayudara a conseguir un trabajo que me permitiera abandonar mi oprobiosa condición de titulado en paro. El mensaje había llegado hasta el gran jefe, o sus secuaces estaban instruidos para contentar a los familiares pedigüeños sin necesidad de consultarle, de modo que el trabajo me había sido proporcionado, y con él la ocasión de ver alienadas las postrimerías de mi juventud para que el primo de mi padre se hiciera aún más rico. Desde entonces habían sucedido algunas cosas que no es el caso detallar ahora, porque extenderme más sobre mis avatares equivaldría a caer en el vicio nefando de la autobiografía, pero que me hacían sentir la curiosidad suficiente como para no rehusar la invitación de Bruno Pezzi a pasar unos días en su retiro nórdico.

Ahora creo que ya puedo retornar a aquel helicóptero que sobrevolaba velozmente las grises aguas del Báltico (era un día plomizo y triste), y proseguir con el relato de los hechos sin que se me considere demasiado incivil. Debo anotar que la atmósfera en el habitáculo mantenía su pizca de tensión, a saber: Mónica e Ignacio iban obstinadamente callados; los dos aviadores apenas abrían la boca para soltarle a la radio consignas técnicas (o eso parecía, porque las decían en sueco); Lucía y yo intercambiábamos sucintos tópicos de cortesía (sobre el estado aparente de la mar, la seguridad de los helicópteros biturbina, el pésimo *catering* de Iberia, etc.). El único que luchaba de forma sostenida contra el agradable ruido del rotor era Pancho, que lo estropeaba una y otra vez con su tediosa jerigonza de *self-made-business-man*, casi siempre dirigida a Ignacio (a quien debía de aspirar a captar como cliente), pero ocasionalmente a mí, como cuando, Dios sabe por qué, consideró necesario preguntarme, en tono paternal:

–¿Y tú a qué te dedicas, Ismael?

Mis ojos se cruzaron como el rayo con la mirada inquisitiva de Lucía, y en las dos décimas de segundo que duró ese cruce, cavilé algo que pudiera estar a la altura de las expectativas de mi bella vecina de asiento:

–Soy piloto de motos acuáticas.

–¿Qué? –gritó Pancho, que de tanto escucharse a sí mismo debía de haberse vuelto un poco sordo a la voz de los demás.

–Piloto de motos acuáticas –repetí–. Compito en carreras, hago exhibiciones, récords de distancia, todo eso.

–Pues no estás muy moreno –saltó Mónica, con evidente rencor.

–Uso protector de factor máximo. Tengo un problema de piel.

–Piloto de motos acuáticas. Sí que parece interesante –observó Pancho, pensando ya en otra cosa.

Afortunadamente, ésa fue toda la información que se me obligó a dar acerca de mi persona, y tampoco me vi forzado a gastar mucha más saliva. Durante el resto del vuelo, Lucía fue abstraída en el piloto, un saludable mocetón vikingo de no menos de uno noventa de estatura, muy limpio y con el pelo impecablemente cortado a cepillo. Pude ver que le interesaban de manera especial los antebrazos del chico, ligeramente bronceados y tapizados por una pelusilla dorada, fina y regular. Entonces comprendí que Lucía debía de ser todavía un caos de hormonas bastante virulento, y me apiadé momentáneamente del venerable Ignacio, que se había echado a la espalda la misión de atraer todo ese magma hacia su experto y añoso regazo.

Al cabo de un vuelo cuya duración exacta me abstendré de precisar, apareció en el horizonte, por fin, la isla que pertenecía a Bruno Pezzi. Como no soy un novelista norteamericano contemporáneo, ofreceré una descripción deficiente e incompleta de su aspecto. Puede calcularse que abarcaba una extensión de un kilómetro y medio de largo por poco más de medio de ancho. Era un pedrusco plano y desolado, sin el más mínimo rastro de árboles sobre su superficie. Más o menos hacia el centro, y dando a una especie de minúscula ensenada, se alzaba la casa, enorme y de aire más bien inhumano. Era fría y geométrica, de un gris semejante al de la propia isla, sólo roto por un amplio solárium de baldosa roja con una piscina azul en un extremo. La casa era amplia, pero no muy alta: parecía haber sido excavada más que levantada, quizá para protegerla del viento. Lo único que la hacía algo atractiva eran los larguísimos ventanales que recorrían sus fachadas. Una red de senderos, partiendo de la casa, atravesaba la isla en todas direcciones. Los senderos conducían a un mirador que había en la parte occidental, la más elevada; a una pequeña playa, al sur; y en otras direcciones que no tendré la pesadez de detallar, a una pista de tenis, un invernadero, un embarcadero donde había amarrado un yate, el helipuerto (redondo y con una H gigante pintada en el centro, para auxilio de pilotos estúpidos) y algunas otras instalaciones que desde arriba no me dio tiempo a distinguir. Aquél era el reducto de nuestro anfitrión, y añadiré que la perspectiva de quedarse allí encerrado durante una semana producía una depresión inconmensurable.

El piloto logró que el helicóptero hiciera un aterrizaje casi imperceptible. Después, mientras se quitaba los auriculares de la cabeza, se volvió y sonrió con suficiencia. No quise indagar qué pensaría de la *troupe* que traía. Posiblemente nos consideraba un puñado de indeseables a los que debía llevar hasta allí para ganar su sueldo y disfrutar de la sensación de volar.

Todos bajamos bastante aturdidos, y acaso también un punto sobrecogidos por el desamparo del paraje. Pero el que más acusó la impresión fue Ignacio. Al descender del aparato tropezó con uno de los patines y se fue de manos al suelo. Se levantó demasiado deprisa y volvió a tropezar. Parecía haber perdido la capacidad de coordinar sus movimientos y extendió los brazos hacia arriba como un inválido ansioso de ayuda. El viento que desarreglaba su peinado, mostrando las raíces blancas de sus cabellos, desveló cruelmente su *seniority*. Lucía desempeñó bien su papel, acudiendo a socorrerle, pero hacía falta alguien con más fuerza y acepté que era el momento de tenerle a alguien como Ignacio un poco de compasión. Lo alcé y lo llevé fuera de la pista, donde el rotor no le siguiera alborotando el arruinado apaño capilar. Ocioso es decir que ni se molestó en darme las gracias.

A pie de pista vino a recibirnos un hombre que se nos presentó como Alfonso, acompañado de tres sirvientes cuyos nombres no se nos facilitaron y que se hicieron cargo del equipaje. Alfonso era un hombre de unos cuarenta y cinco años, que hablaba en voz casi baja y como rasgos principales presentaba una severa alopecia, restos de acné y algunos kilos de más. Él fue, una vez que el helicóptero detuvo sus turbinas, quien nos dio la bienvenida, nos informó de que el resto de los invitados ya había llegado y nos anunció que el señor Pezzi nos saludaría a todos juntos durante la cena.

Instintivamente, miré el reloj. Eran las seis y media, lo que quería decir que, si la cena se ajustaba al horario del lugar, no nos quedaba demasiado tiempo para adecentarnos. El instinto de Pancho, más laborioso que el mío, le llevó a echar también un vistazo a la pantalla de su teléfono móvil, que le denunció un alarmante silencio electromagnético en la zona.

–¿No hay cobertura aquí? –preguntó, visiblemente angustiado.

–No –dijo Alfonso, con una tenue sonrisa–. El señor Pezzi no ha querido afear la isla con una antena repetidora.

–Yo ya me lo temía, por eso me traje éste –dijo Ignacio, exhibiendo un aparatoso receptor apto para funcionar por satélite.

Aquella previsión, y un par de pasadas a su rala cabellera con el peinecillo que llevaba en el bolsillo de la americana, le habían devuelto buena parte de su aplomo.

–Pero, no puedo quedar incomunicado... –protestó Pancho, incrédulo.

–No lo está –aclaró Alfonso–. La casa dispone de un centro de comunicaciones vía satélite que puede usar cuando lo desee. No esperamos que todos los invitados sean tan previsores como el señor.

–Tendrá conexión a Internet, ¿no? –imploró Pancho.

–Naturalmente –declaró Alfonso, como si la duda ofendiera.

–Menos mal –suspiró Pancho, que de pronto parecía acabar de sobrevivir a una angina de pecho.

Busqué con la mirada a las mujeres. Iban delante, ajenas a las preocupaciones de sus respectivos tarzanes por seguir conectados con la selva. La brisa que soplaba hacía ondear la melena de Lucía y obligaba a Mónica a sujetarse los cabellos para que no se le vinieran a la cara. Mientras caminaban hacia la casa, observaban silenciosas el paisaje. Lo vi así, con ellas en medio, y por primera vez en todo el día me sentí bien. Aquel sitio tenía su lado lóbrego, pero también aquella soledad gris del cielo y del agua transmitía una singular sensación de belleza y armonía. Oía hablar a los hombres a mi espalda y veía callar a las mujeres ante mí, y como de costumbre, no había lugar para la duda. Ellas son, siempre, las que saben.

Una vez que llegamos a la casa, se nos acompañó a nuestras habitaciones. El sirviente que me guió hasta la mía, a través de unos luminosos y largos pasillos, parecía sueco. Le di las gracias en inglés, pero no obtuve más respuesta que una inclinación de cabeza. Sobre la cama había una carta de bienvenida de Bruno Pezzi, en la que, entre otros detalles prácticos, se nos avisaba de que la cena daría comienzo a las siete y media. La carta estaba impresa, pero alguien había escrito a mano, en el encabezamiento, las palabras *Querido sobrino*. Me fijé en la caligrafía y luego me quedé un rato contemplando el soberbio horizonte marino que se veía a través del ventanal.

La cena empezó con puntualidad prusiana. A partir de las siete y veinticinco, los invitados fueron acudiendo al comedor, una espaciosa estancia con vistas al mar, como no podía ser menos. A las siete y media justas, apareció el anfitrión. Bruno Pezzi había decaído bastante, al menos desde la última vez que yo le había visto. Le quedaba poco pelo, todo blanco, y su tez se veía más bien amarillenta. Para compensar, se mantenía tieso como un obelisco. Fue saludando a todos sus invitados con una cortesía bastante escueta. Sabía que no tenía por qué hacer ningún alarde para caerles bien. Cuando llegó a mí, en su rostro se dibujó una mueca remotamente semejante a una sonrisa y, tomándome por los codos, se limitó a murmurar:

–Ismael, tenía ganas de verte. Sentí mucho lo de tu padre.

«No tanto como para ir al entierro ni como para despachar un mal telegrama de pésame en nueve años», pensé, pero dije:

–Lo sé. Gracias por invitarme. Esto es impresionante.

El gran Bruno Pezzi bajó los ojos, me apretó los codos y pasó al siguiente invitado. Poco después, se nos indicaron nuestros asientos. A mí me correspondió situarme entre un inglés risueño con un mechón de pelo que se le caía una y otra vez sobre la frente, dándole un aire de muchacho un poco pasado de rosca (rebasaba con holgura la cincuentena), y una atractiva mujer morena de unos treinta años. El del mechón resultó ser el director de un prestigioso diario económico internacional, y la mujer se me presentó con dos sonoros besos en las mejillas y esta pasmosa revelación:

–Encantada de conocerte. Soy Lydia, tu tía.

Me considero un sujeto con unos reflejos aceptables, pero confieso que aquello me dejó completamente KO. No ya por la forma en que me miraba, ni por tener que admitir, ahora que la podía ver mejor, que no sólo era atractiva, sino la mujer más portentosa que mis ojos pecadores habían reflejado en su sucia capa de humedad. Lo más fuerte era verme obligado de improviso a juntar todo eso con la idea *soy tu tía*. Es decir, la mujer de Bruno Pezzi, la que lo había persuadido de contraer matrimonio, a él, que podía permitirse cualquier hembra sin asumir el menor compromiso.

–Encantado –balbucí, incapaz de articular una sílaba más.

Eso sí, de no haber contado con la presencia de Lydia, la cena habría sido uno de los acontecimientos más aburridos de mi mugrienta existencia. Entre el ir y venir de las viandas, aquella gente se dedicó, por encima de todo, a darse cuenta los unos a los otros de lo que eran, o mejor dicho, de *cuánto* eran, y a intercambiar innumerables banalidades acerca de la situación del mundo actual. Ni en mis más malévolos pronósticos habría atinado a vaticinar que aquel selecto grupo de *vips* sería tan vulgar y tan poco estimulante. Bruno Pezzi, desde su sitial en la cabecera de la mesa, apenas descendió a impartir algún que otro monosílabo. La mayor parte del tiempo observaba a sus huéspedes como si fuera un reportero del *National Geographic* harto de trienios, mascando los exquisitos manjares que traían los discretos miembros del servicio como si se tratara de sándwiches de tomate y lechuga con salsa rosa, o algo parecidamente repugnante. Yo sólo tuve que cumplir de un modo somero con mi vecino el director de periódico, que en seguida se concentró en Lucía, sentada a su derecha. A partir de ahí me dediqué en exclusiva a escuchar la aterciopelada voz de Lydia, sin importarme mucho que eligiera como asunto principal el instruirme acerca de quiénes eran los que aquella noche se sentaban a la mesa de Bruno Pezzi.

En este punto, y por penosas exigencias del servicio a mi historia, debo dejar de lado lo que más me interesaría, profundizar en mis impresiones sobre mi tía Lydia, y ofrecer una breve noticia del ganado allí reunido. No es algo en lo que por mi gusto me detendría, pero para hacer el relato como Dios manda habré de cumplimentar este trámite. En total, a la mesa nos sentábamos quince personas. Ya he presentado a ocho: Ignacio y Lucía, Mónica y Pancho, Bruno y Lydia, Philip, el inglés director de periódico, y un servidor. Los otros siete eran: Heather, una inglesa pelirroja con aspecto de pájaro, compañera sentimental de Philip; Raúl, un celebrado y agudo escritor latinoamericano, firme y sempiterno candidato al Nobel; su mujer y ex secretaria, Carolina, una inquietante criatura veinte años más joven que él, con un guiño de miope presidiéndole permanentemente el gesto; Kurt, un alemán experto en arte contemporáneo, catedrático de algo relacionado con la materia en la Universidad de Berlín; Yuri, un apuesto y fornido cubano, compañero sentimental de Kurt; Gonzalo, un empresario español, dueño de una constelación de medios de comunicación y recientemente viudo; y Paula, una despampanante modelo venezolana, que observaba todo el tiempo a su alrededor con unos ojos de cierva acosada y una abnegada sonrisa, mientras Gonzalo, un ser más bien mustio, trataba de darle palique.

Por el momento, basta con esto. Más adelante habrá ocasión de ofrecer más información acerca de cada uno, y acaso de arrojar alguna luz sobre el extremo que, mientras escuchaba a Lydia, devanaba en vano en mi sesera: ¿Qué insondable capricho habría movido a Bruno Pezzi a reunir a semejante fauna bajo el mismo techo, en su remota fortaleza del Báltico?

La velada agonizó sin que aquella duda quedara resuelta, y sin que el primo de mi padre se dignara volver a dirigirse a mí. Era verdad que su consorte había suplido con creces su desatención, largando por los codos. Pero de lo que menos me había hablado era justo de lo que más me apetecía saber: quién era ella y de dónde venía. Aunque pronunciaba el español con un limpio acento peninsular, su aspecto me resultaba un tanto exótico. Tal vez en su sangre había alguna mezcla. En cualquier caso, aquella noche, y por no incurrir en una grosería, hube de quedarme con la curiosidad.

Tras la cena hubo tertulia y se sirvieron bebidas. Pero no merece la pena extenderse sobre esta parte. Lydia se dedicó a atender a otros invitados, lo que me indujo a beber con cierta inmoderación el añejo whisky de malta del magnánimo tío Bruno. Ello me ayudó a repeler como se merecía una insidiosa aproximación de Mónica, e impide que recuerde los pormenores del duelo verbal que con tal ocasión mantuve con ella, mientras Pancho seguía maniobrando para hacerse cargo de la gestión de una parte del peculio de Ignacio, el banquero. Éste, más bien somnoliento, vigilaba con preocupación la tertulia que Lucía mantenía con el cubano Yuri, quien a su vez era vigilado con no menor inquietud por Kurt, ocupado por otro lado en encajar el brillante e incansable monólogo de Raúl, el escritor latinoamericano. En fin, el clásico rollo de cualquier reunión social. Tan pronto como pude, me quité del medio y me fui a dormirla. Ni siquiera, pese a las muchas emociones del día, me detuve a meditar durante un segundo. «Aquí todo está organizado, no debo preocuparme de nada», me dije, y caí en la cama como una piedra.

A la mañana siguiente, a eso de las ocho, me despertaron unos gritos. Salí a regañadientes de las aguas del sueño, y aún tardé un poco en abrir los ojos. Fue necesario que volvieran a oírse aquellas voces, en un idioma que no entendía, para que saltara de la cama, me pusiera un batín y me asomara al pasillo. No vi a nadie. Con cierta prevención, subí a la planta superior. Las voces procedían de la zona del solárium. Ahora era un grito de mujer, histérico y estridente. Seguí avanzando por aquella casa desierta, con una desagradable comezón agarrada al estómago y una súbita ingravidez en las piernas. La verdad es que siempre es un fastidio. Cuando la vida deja de ser trivial, rutinaria, cómica, y se insinúa su horrible gravedad.

Todos, incluida la servidumbre, estaban ya en el solárium, arremolinados frente a la piscina. Iban en pijama, en bata, en lo que habían pillado. Ninguno, deduje, debía de tener el sueño tan profundo como yo. La que gritaba ahora era Paula, la modelo venezolana, a la que Lydia intentaba calmar. Los demás observaban el cuerpo desnudo, el agua ensangrentada. Mientras el taciturno y eficaz Alfonso lo atraía con una pértiga hacia la orilla, pude identificar el rostro, a pesar del balazo que le había deshecho la frente.

Pobre Ignacio, ya no podría presidir el banco.

Opciones desechadas[1]:

1. Pobre Lucía, en la flor de la edad.
2. Pobre Mónica, no tenía buen aspecto.

1. He añadido al final de cada capítulo las opciones que la votación de los lectores desechó. Alguna cayó por muy poco, y me alegra poder decir que ninguna dejó de tener un apoyo significativo. Tampoco los finales que se impusieron lo hicieron de forma abrumadora, porque rara vez superaron el 50% de los votos y hasta se produjo un empate exacto que hubo de resolverse por el orden en que se ofrecían las dos opciones. En todo caso, la suerte es implacable, de modo que así quedan, sólo insinuadas, todas las novelas que pudieron ser pero no fueron.

2. Juegos de azar

Mi experiencia del género humano, deficiente y mejorable, como la de cualquiera, me ha enseñado no obstante algunas cosas. Por ejemplo, cómo distinguir a un líder. El líder suele afirmarse, precisamente, en los momentos en que a los demás los anula el miedo, la desolación o el estupor. Entonces, cuando todos los que no somos líderes bastante tenemos con seguir en pie y casi imploramos que nos digan lo que debemos hacer, un líder mantiene la cabeza fría, respira hondo y ordena con voz inapelable:

–Alfonso, avise a la policía.

Ésas fueron las cinco precisas y conminatorias palabras que salieron de la boca de Bruno Pezzi, después de contemplar en silencio cómo su empleado, con ayuda de un par de personas del servicio doméstico, sacaba del agua al malogrado Ignacio y cubría respetuosamente con una toalla el rostro y las partes pudendas del cadáver. Hago la precisión porque la longitud del lienzo en cuestión apenas bastaba a tapar a la vez ambos accidentes anatómicos del difunto, insuficiencia que se subsanó poco después con una gran manta traída por una de las chicas del servicio. Paula, la modelo venezolana, había dejado de dar alaridos y ahora sollozaba en silencio sobre el hombro de Lydia, quien con la cara lavada apenas, si es que le había dado tiempo a tanto, mantenía incólume la belleza que me había cautivado durante la cena y aun adquiría en la experta consolación de la joven una magnificencia suplementaria. Todavía un poco aturdido por el cúmulo de impresiones, pero no lo bastante como para dejar de razonar sobre lo que había ocurrido, busqué entonces entre el lastimoso grupo de huéspedes malvestidos y desgreñados a quien sin duda se convertía, de pronto, en el centro de todos.

Lucía vestía una elegante bata de raso lila, que sujetaba sobre su pecho con descuido, permitiendo atisbos que mi tosquedad varonil, aun en tan luctuosas circunstancias, no podía dejar de valorar. Junto a ella, asiéndola por los hombros, estaba Mónica, que a falta de sus retoques matinales, o por el sobresalto de aquella muerte, aparecía un poco desmejorada. Se la veía también algo inquieta por la posible reacción de la muchacha, pero ésta se mantenía erguida y en apariencia serena. Su mirada vacía no se apartó de Ignacio en ningún momento: ni cuando lo pescaron de la piscina, ni cuando lo izaron hasta el bordillo, ni cuando lo cubrieron. Las lágrimas resbalaban sobre sus mejillas como gotas de lluvia sobre el rostro de una estatua. Aunque no soy psicólogo, ni jamás se me ha pasado por la cabeza serlo, deduje que se encontraba en un estado de *shock* en el que aún no había dado el delicado paso de asimilar la realidad. Otra posibilidad era que Ignacio le importase un pito, pero el instinto me decía que en ese caso, al contrario, habría optado por hacer grandes demostraciones de desconsuelo.

Los demás, entre los que me contaba, se mantenían sumidos en un pesado silencio. Todo el mundo tiene algo que decir cuando se trata de una nimiedad. Por eso la gente habla sin parar en las juntas de propietarios, en las tertulias de los bares, en los simposios de filatélicos o en los congresos de poetas. Pero ante la oscura solemnidad de la muerte, el pobre ser humano, frágil como pajarillo al que un simple perdigonazo puede abatir, opta casi siempre por enmudecer. Era cosa de verse, todos aquellos personajes, muchos de ellos acostumbrados a caminar entre la reverencia ajena, en zapatillas, despeinados, y con el horror pintado en la cara. El horror primordial que la muerte provoca, y que no es otro que el de esa vieja, ineludible y odiosa certeza: «Algún día, ese fardo de carne inerte seré yo».

Al cabo de apenas un par de minutos, un Alfonso más bien pálido y desencajado apareció en el solárium y se fue derecho hacia su jefe. Le cuchicheó algo al oído y Bruno Pezzi, con un respingo, exclamó:

–¿Cómo que destrozado?

La palabra causó gran impacto a la concurrencia. Un murmullo se extendió entre los huéspedes. Heather, que no entendía bien el castellano, solicitó traducción simultánea a Philip, y tras recibirla ahogó un grito. Acaso pensó lo que alguno más: que pudiera haber otro fiambre en la casa, y que a éste, en lugar de conformarse con pegarle un tiro, le habían causado un estropicio mayor. Muchos buscaron con la mirada, y yo también. Pero no, no faltaba nadie. Allí estábamos todos, los doce invitados supervivientes, además del decimotercero que yacía bajo la manta al lado de la piscina. Imagino que nadie sospechó que hubieran podido matar a alguien del servicio, y que si alguien lo hizo, tampoco lo consideró estrictamente alarmante.

–¿Qué es lo que está destrozado? –inquirió Gonzalo, el empresario viudo.

Bruno Pezzi no juzgó necesario responderle en seguida, o se encontraba demasiado absorto en los pensamientos que le provocaba la noticia que le traía Alfonso. El caso es que, dándole la espalda a Gonzalo y dándonosla a los demás, se dirigió a su subalterno para consultarle aún:

–¿Estás seguro de que no funciona nada?

–Lo he intentado, señor Pezzi.

–Pezzi, ¿es que no va a contarnos lo que está pasando?

Por un momento creí que el que así hablaba era Gonzalo, irritado por no obtener contestación. Pero no, era Pancho, el burdo marido de Mónica. Hasta aquel instante había permanecido callado como una tumba, anonadado tal vez por la decepción de ver convertido en aquel cadáver arrugado y macilento a quien apenas unas horas antes era un prometedor cliente potencial. Ahora que otro había abierto camino, intentaba recobrar su presencia de ánimo, pero había elegido un mal momento y una mala manera de hacerlo. La mirada con que Bruno Pezzi le taladró no dejaba lugar a dudas.

–Creo que es mejor que vayan todos a asearse –dijo al fin nuestro anfitrión–. Les veré en el comedor dentro de media hora. No hay razón por la que debamos dejar de desayunar, y allí me parece que podré explicarles más cómodamente la situación, cuando termine de aclararla.

Un nuevo murmullo, esta vez de desaprobación, circuló entre los presentes. Pezzi, ajeno a él, le ordenó a Alfonso:

–Que se quede alguien junto al cuerpo. Luego pensaremos si tenemos que trasladarlo y adónde.

–¿Trasladarlo? Eso es ilegal –puntualizó en voz baja Philip.

–Todo esto resulta intolerable –dijo con aire de muy malas pulgas Carolina, la compañera del escritor latinoamericano, desoyendo las apuradas invitaciones a la calma que le hacía su pareja.

Pezzi, ahora imperturbable, se acercó a Lucía.

–¿Se encuentra bien?

La pregunta era indigna de su inteligencia, pero quizá inevitable. Como lo era también, seguramente, que Lucía no emitiera respuesta alguna, y que Mónica, convertida en su portavoz a la vez que cuidadora, dijera:

–No te preocupes, yo me encargo de ella.

Pezzi se quedó observando a Mónica, fijamente, durante un segundo eterno. Nadie le tuteaba, nadie le sostenía la mirada nunca. Pero Mónica lo hizo, y luego, sin más, arrastró a Lucía hacia el interior de la casa. Pezzi marchó un paso por detrás de ellas, meditabundo y cabizbajo. A su espalda se oyó entonces un graznido lanzado con inequívoco acento porteño:

–Eh, si se cree que somos un puñado de *boy scouts* y que usted es el monitor del campamento, anda pero que muy descaminado.

–Carolina, por Dios –suplicó, azorado, el candidato a premio Nobel.

El solárium quedó despejado y los huéspedes se repartieron por sus habitaciones. Por mi parte, aproveché la media hora que nos había concedido Pezzi para proceder a un aseo somero, en el que no incluí el rasurado porque pensé que una sombra de barba contribuiría a subrayar fisonómicamente ante mis compañeros de drama mi honda preocupación. Si me hubiera afeitado, y hubiera por tanto intentado encender la luz del cuarto de baño, acaso habría descubierto antes lo que descubrí con gran contrariedad bajo la ducha, que al cabo de dos minutos de haber abierto el grifo, seguía derramando sobre mi lustroso cuerpo agua en un ofensivo estado de frialdad. Opté, ya que era lo que había, por lavarme con aquel chorro hostil, que al final de mis precipitados enjuagues y fricciones brotaba a una temperatura próxima al punto de congelación. Fue al salir de la bañera y oprimir el interruptor más cercano cuando constaté que la casa, o por lo menos la parte de ella que correspondía a mis aposentos, estaba sin corriente eléctrica.

–Bueno, parece que esto va a ser realmente duro –me dije, con esa útil resignación que uno adquiere cuando aprende que las dificultades suelen presentarse en comandita, y que siempre cabe que venga otra más.

Soy lento vistiéndome y también peinándome, así que me las arreglé para llegar el último al comedor. Allí, alrededor de una gran mesa dispuesta para el desayuno, que los sirvientes cariacontecidos terminaban de surtir de café, zumo y alimentos, aguardaban ya todos los demás huéspedes que estaban en disposición de poder aguardar. Eso excluía obviamente al fallecido Ignacio, pero también a Lucía, a la que se le iba a servir el desayuno en su propia habitación, y a Mónica, que seguía ocupándose de ella. Los gestos de todos transmitían una mezcla de ansiedad y expectación. Aunque había razones para ello (como remate, la falta de electricidad que todos habían sufrido igual que yo), me pregunté cuántos no estarían sobreactuando, y temí que todos lo hacían. Todos fingimos que sentimos lo que debemos sentir, incluso cuando lo sentimos de veras. El ser humano es un comediante compulsivo, no puede reprimir el impulso de exhibirse ante la galería. Sólo Carolina, que daba vueltas a su café con una especie de náusea asomada a la cara, me dio la sensación de comportarse con franqueza y originalidad.

Bruno Pezzi se presentó con treinta minutos de retraso sobre la hora a la que él mismo nos había emplazado. Apareció con el leal Alfonso, que se quedó junto a la puerta. Me defraudó y luego me intrigó comprobar que Lydia no venía con ellos. Pezzi, muy serio, y con aspecto de haber envejecido un año desde la víspera, ocupó su sitio y dejó que le pusieran delante una taza y se la llenaran de café. No le echaron leche, ni él puso azúcar antes de llevarse la taza a los labios. Tomó dos sorbos, en medio de un silencio de iglesia, se pasó la punta de la lengua por sus finos labios y dijo:

–Lamento mucho tener que contarles lo que les voy a contar.

Algunos se miraron, Pancho tragó saliva, Gonzalo abrió mucho los ojos, Paula palideció y Heather, angustiada, preguntó a Philip:

–*What did he say?*

–Más vale que se lo resuma todo sin perder tiempo –continuó Pezzi–. El centro de comunicaciones está inutilizado. Alguien entró en él y rompió todos los equipos. Hemos estado viendo si podíamos recomponerlos, pero tienen estropeados elementos vitales y no disponemos de repuestos para reemplazarlos. Por otra parte, y como ya habrán podido comprobar, nos hemos quedado sin energía eléctrica. Alguien ha sustraído del generador un par de piezas sin las que es imposible hacer que funcione. Tenemos combustible y algunas bombonas pequeñas de gas. Con eso hemos podido calentar el café y podremos calentar también la comida y cantidades limitadas de agua, pero de los aparatos eléctricos, salvo aquellos que puedan ir a pilas, tendremos que olvidarnos. Por cierto, les agradecería que todos aquellos que hayan traído pilas consigo las pongan a disposición del grupo. Convendrá que administremos adecuadamente todos los artículos de primera necesidad.

–Un momento, ¿qué coño es esto? *¿Escuela de Robinsones?*

Era la tercera vez que Carolina le desafiaba, y Pezzi, en su papel de caudillo natural, debió de juzgar que no podía permitir que aquella díscola siguiera socavando su autoridad frente al resto del auditorio:

–Señora, si vuelve a abrir esa boca, haré que se la llenen con algo que no pueda tragar, por mucho que se empeñe.

Carolina quiso reaccionar, pero no pudo. La rabia debió de agolpársele en la garganta, impidiéndole articular palabra. Se volvió a su consorte, el siempre ocurrente Raúl, y éste, en lugar de hacer honor a su reconocido talento, se dejó llevar por algún inoportuno atavismo masculino e intervino precariamente en defensa de la dama ofendida:

–Pezzi, eso ha sido una grosería del todo innecesaria.

Fue un bravo gesto, sin duda. Raúl estaba blanco como la cera.

–Tampoco necesitamos sus frases, Bertolucci. No estamos escribiendo ninguna novela. Así que haga el favor de dejarme seguir.

Aunque el modo en que se dirigió al escritor fue algo menos áspero, Pezzi confirmaba que su estilo de mando no admitía réplica. Era evidente que a la hora de enfrentar aquella situación había decidido prescindir de la palabrería lisonjera de la posmodernidad. Su referente a la hora de elegir el tono de su discurso parecía encontrarlo, más bien, en esas crudas historias de náufragos a la deriva que acaban perdiendo la dignidad humana e incurriendo en el homicidio, el canibalismo y otras atrocidades, a no ser que alguien sujete con mano de hierro las riendas del grupo. Habría hecho un buen jefe de bote salvavidas del *Titanic*, reconocí, con sincera admiración.

–Como habrán podido comprobar –reanudó mi circunspecto tío su parlamento–, el helicóptero que les trajo, y que regresó anoche al continente, no se encuentra en la isla. Debo añadir que no esperamos que vuelva hasta dentro de tres días, con los suministros regulares. El otro medio que normalmente tendríamos para salir de aquí, el yate que suele estar amarrado en el embarcadero, no nos ofrece en estos momentos una alternativa.

–¿Por qué? –preguntó Gonzalo.

–Podrán verlo si se acercan hasta allí. Se ha hundido. Gracias a dos vías de agua en el casco, de unos ochenta centímetros de diámetro cada una. No debió ser nada fácil abrirlas, aun con herramientas apropiadas.

–*Mein Gott, Herr* Pezzi, habla usted como ssi de prronto nos hubiérramos quedado aislados –se quejó nerviosamente Kurt, el experto alemán en arte.

–Estamos aislados, profesor Hartmann –certificó Pezzi, sombrío.

Ante semejante declaración, los hasta entonces dóciles huéspedes se removieron en sus sillas. ¿Cómo era eso posible? ¿Se trataba acaso de una broma, algún extravagante *happening* organizado por el anfitrión para combatir la rutina de sus jornadas en la isla? ¿Alguien había visto de cerca, por cierto, la herida de bala de Ignacio? ¿No sería que también él estaba metido en el ajo y que en aquellos instantes, en vez de yacer inerte en el solárium, les espiaba desternillándose de risa? Ésas, y otras hipótesis negadoras de los acontecimientos, cruzaron por las mentes de los presentes y hasta llegaron a insinuarse en sus labios. Pero el único que tomó resueltamente la palabra fue alguien a quien no se había escuchado hasta entonces. A todos, Pezzi incluido, nos sorprendió la rotundidad de su razonamiento:

–No estamos en mitad del Pacífico. Alguien pasará junto a la isla, más tarde o más temprano.

Yuri poseía una voz melodiosa, a la que la blandura del acento caribeño confería una singular calidez.

Me pareció mucho más inteligente y templado de lo que le había supuesto la víspera, cuando había sabido que hacía de muñeco Ken para el refinado Kurt. En fin, nadie está libre de prejuicios.

–No lo descarto –concedió Pezzi–. Por eso voy a mantener permanentemente a alguien apostado en la parte más alta de la isla, con un emisor de señales luminosas. Pero no quiero darles falsas esperanzas. Aunque el Báltico es un mar transitado, sobre todo en esta época, no pasa por aquí cerca ninguna ruta de las que recorren usualmente los barcos comerciales y de recreo. Ésa fue una de las razones por las que elegí esta isla para hacer en ella mi casa. Sólo podemos confiar en que aparezca algún despistado.

–No puedo creerlo –dijo Pancho–. Esto es inconcebible. ¿Cómo es posible que en pleno siglo veintiuno, y en la mismísima Europa, nos quedemos encerrados en una isla sin poder comunicarnos con nadie?

–Sé que les resulta desconcertante, pero eso es lo que hay –afirmó Pezzi, con un gesto en el que por primera vez dejó que se transparentase cierto cansancio–. Les aseguro que me he ocupado de cerciorarme antes de reunirme con ustedes. No imagino quién ni para qué ha querido preparar esta trampa, pero sea quien sea ha hecho su trabajo a conciencia. No podemos salir y no podemos avisar a nadie. Al menos durante los próximos tres días.

–Puede que haya una posibilidad –dije yo entonces, rompiendo mi natural tendencia a la modestia y al anonimato.

Fue una impresión ver todas las cabezas volverse como una sola en mi dirección, y hasta cierto punto incómodo, lo admito, hablar enfrentando la mirada recelosa de la mayoría y el mohín de inmerecido desprecio que había en las facciones de algunos, entre los que no dejé de apuntar a Pancho, a Gonzalo y al egregio escritor transoceánico. Pero nada puede detener a un hombre cabal en el cumplimiento de su deber, así que agregué:

–El muerto tenía un teléfono móvil vía satélite. Puede que esté en su habitación y que le quede algo de batería.

Bruno Pezzi me observó con una expresión insondable.

–¿Estás seguro, Ismael?

–Nos lo enseñó cuando llegamos. Usted también lo vio, ¿recuerda? –apelé a la memoria de Alfonso.

El subalterno asintió, trémulo bajo el severo escrutinio de su jefe.

–Rápido. Ve a ver si lo encuentras –ordenó Pezzi.

Alfonso salió de la estancia como una exhalación. Regresó en seguida, acompañado por Lydia, la dueña de la casa. Ella, que según pudimos saber luego había estado durante todo aquel tiempo ayudando a Mónica a cuidar de Lucía, era quien traía el teléfono vía satélite de Ignacio en la mano.

–Toma, esto es lo que queda –dijo Lydia, con aire pesaroso.

El personal no comprendió por qué la anfitriona se mostraba tan poco entusiasta. El teléfono parecía entero, y hasta se veía la pantalla iluminada, lo que probaba que a la batería le quedaba carga todavía.

–*Insert SIM card* –leyó Pezzi el mensaje que mostraba la pantalla, y esta vez todos, incluida Heather, entendimos su significado. El teléfono seguía allí, pero se habían llevado su tarjeta electrónica, y sin ella el aparato se convertía en una inservible pieza de ferretería. El satélite, convenientemente adiestrado por sus amos para no dejar pasar a nadie que no pagara el peaje, se negaba a cursar cualquier comunicación sin esa tarjeta que acreditaba al usuario como titular de un contrato y de una cuenta corriente donde cargar los recibos. Por una vez, los allí reunidos, beneficiarios habituales del sistema que clasifica a los seres humanos en poseedores y no poseedores de salvoconductos monetarios (para permitir a los primeros el acceso a los sucesivos niveles del paraíso y arrojar a los segundos al averno de la protección social), se sentían víctimas del trato reservado a quienes se presume insolventes. Era una humillación insólita, especialmente para Pancho, acostumbrado a manejar, además de su propia y nada desdeñable fortuna, cantidades ingentes de dineros de otros, y a ver una y otra vez, gracias a ello, cómo las aguas del mar Rojo se abrían de par en par ante él.

–¿Y no podríamos probar con la tarjeta de otro celular? –preguntó, ingenuamente, la bella y cada vez más desorientada Paula.

Nadie le tuvo la piedad de responder a su pregunta, y mucho menos la de explicarle qué era y para qué servía exactamente la tarjeta SIM. Alguno me miró como si yo tuviera la culpa de que el teléfono de Ignacio careciese de aquel crucial adminículo. Enfrenté el reproche con mi mejor cara de cordero pascual. Bruno Pezzi recobró el control de la situación:

–Bien, volvemos a donde estábamos antes. Hasta

dentro de tres días, salvo imprevistos, sólo podemos confiar en nuestros propios recursos.

–No puede ser, alguien nos echará en falta, si no reciben ninguna noticia nuestra en todo ese tiempo –sugirió Pancho, buscando a toda costa una esperanza–. En mi oficina, sin ir más lejos, ya se estarán preguntando cómo es que no les he llamado aún. El mercado de Madrid –consultó ansiosamente su reloj– abrió hace hora y media, y saben que me gusta seguir la apertura.

Pezzi lo miró con compasión.

–Nadie espera que yo le llame –dijo–, y desde luego a nadie he dejado instrucciones de que avise a la policía en caso de no tener noticias mías durante cierto tiempo. ¿Acaso has tomado tú esa precaución?

–No, pero... –balbuceó Pancho.

–Entonces creo que más vale que te olvides. Tus empleados dormirán a pierna suelta aunque pasen tres días sin oír tu voz. Pensarán que por una vez has decidido tomarte unas vacaciones como Dios manda.

El gesto de Pancho resultó elocuente. Que el mundo pudiera prescindir de él durante tres días debía de antojársele algo metafísicamente inadmisible. Por mi parte, no me privé de anotar un detalle, que sugiero al lector, por eso de andar a la que salta, que retenga también: era el primero de los huéspedes (aparte de mí, con quien tenía la excusa del parentesco) al que el distante Bruno Pezzi tuteaba, aunque Pancho no le tutease a él.

–Pero en fin –prosiguió Pezzi–, no olvidemos cuál es nuestro principal problema. Lo peor no es que estemos aquí incomunicados, aunque eso ya sea bastante desagradable, sino que esta noche han matado a un hombre.

Volvió a hacerse el silencio, pero esta vez fue tan espeso como nunca antes lo había sido. Pezzi no se privó de hacer explícito el sentir general:

–Hay razones más que suficientes para pensar que el responsable del crimen es el mismo que se ha tomado tantas molestias para dejarnos sin posibilidad de establecer contacto con el mundo exterior. Lo que no sabemos es lo que se propone: ni lo que busca conseguir con esta canallada que nos ha hecho a todos, y especialmente al pobre Ignacio, ni si tiene previsto atentar contra alguien más de los que aquí estamos.

Paula se echó a llorar, Heather también, y ante la rigidez de los varones más próximos, se abrazaron la una a la otra para conjurar el pánico que ambas sentían. A nadie se le ocurrió nada que pudiera decir para aliviar el trance a los demás, como es costumbre entre los seres humanos reunidos por una adversidad cualquiera. Quizá era que aquella adversidad resultaba demasiado oscura e indefinida como para oponerle palabras alentadoras. El ilustre escritor parecía buscarlas, pero tampoco hallaba ninguna.

–No quiero precipitarme –volvió a hablar Pezzi–, ni mucho menos crear una tensión que complique aún más las cosas. Pero todos somos adultos y hemos de mirar cara a cara la situación. Por eso creo que debo compartir mis sospechas con ustedes. Tampoco espero que les sorprendan. Lo que sospecho es que alguno de los presentes en esta habitación pueda estar implicado en los hechos. Y supongo que entenderán que lo sospeche.

–Imagino que se incluye usted entre los sospechosos –saltó Carolina.

Pezzi, esta vez, reaccionó con inesperada mansedumbre.

–Por razones obvias, no puedo sospechar de mí mismo –explicó–. Pero admito que ustedes puedan hacerlo. Lo que trato de encontrar es el modo de hacer frente a lo que tenemos encima. Cabe temer que alguno de los que aquí estamos haya participado en la muerte de Ignacio. Cabe temer, también, que desee causarnos mal al resto, o a alguien más en particular. Y no podremos recibir ayuda ni salir de la isla hasta dentro de tres días. Tendremos que organizarnos para vivir con arreglo a estas limitaciones, y para impedir nuevas desgracias si está en nuestra mano. Lo primero que creo que debo recomendarles es que nadie se quede solo ni un segundo.

–Joder, ¿y ésa es toda la seguridad que nos ofrece? Es usted un irresponsable, Pezzi. ¿Cómo pudo reunirnos aquí, a unas personas como las que precisamente nos hemos juntado en esta casa, sin asegurarse de disponer de las más elementales medidas de protección?

El que así se manifestaba era Gonzalo, el empresario de la comunicación, que halló el pronto respaldo de todos los que se sentían miembros de pleno derecho del club de personas eminentes al que acababa de aludir, pero carecían del coraje necesario para expresarse con aquella contundencia. Animado por el murmullo aprobatorio, el empresario apretó aún más:

–No puedo creer que un hombre como usted descuide algo que no descuidaría ni un tendero recién enriquecido. Y menos puedo creerme el lío en el que estamos todos metidos por habernos fiado de usted. Si lo llego a saber, me habría traído a mis escoltas, me cago en la puta.

Sin duda, habían sido los nervios los que habían llevado al prudente Gonzalo a protagonizar semejante estallido. Pezzi pareció entenderlo, y cuidando de mostrarse tranquilo y conciliador, replicó:

–Mi única medida de seguridad, y ha sido efectiva hasta ahora, consistía en que nadie supiera el paradero de esta isla, salvo la gente de mi confianza que trabaja para mí. Lamento que le parezca escasa, y lamento que los acontecimientos actuales le den la razón. Es todo lo que puedo decirle.

–Pues qué bien, menudo alivio –bufó Gonzalo, pero eso fue todo.

Tampoco le quedaba mucho más que hacer o que decir, pensé. Para demandar a Pezzi y pedirle daños y perjuicios tendría que esperar a salir vivo de la isla, si es que la Providencia le tenía reservado semejante obsequio.

–¿Y no deberíamos tratar de desenmascarar al traidor? –preguntó tímidamente Raúl, tomando prestado el estilo de alguna lectura inconfesable.

–Desde luego –concedió Pezzi–. A eso iba ahora, justamente. Creo que no tenemos más remedio que investigar lo ocurrido. Pero no podemos ignorar las dificultades de la empresa, en estas condiciones. No va a ser nada fácil atrapar al culpable si está al corriente de los pormenores de la investigación. Hay que buscar la manera de actuar con arreglo a las circunstancias. No podemos llevar adelante las pesquisas en plan asambleario.

–¿Qué está queriendo decir? –le interrumpió Gonzalo.

–Se me ha ocurrido un modo de resolver la papeleta, pero les ruego que aguarden un poco todavía –pidió Pezzi–. Creo que todos ustedes tienen derecho a saber, antes de pasar a esa cuestión, lo que hemos podido averiguar hasta aquí de la muerte de Ignacio. No es mucho, pero quizá les aconseje alguna pauta de comportamiento para el inmediato futuro.

No podía negarse a Pezzi que tenía facultades para dominar de inmediato a un auditorio. Todos, hasta los más reticentes, como Carolina y Gonzalo, se dispusieron a escucharle con la máxima atención.

–La muerte, al parecer, la produjo un arma de pequeño calibre, disparada a bocajarro, primero en la sien y luego en la frente. O viceversa, eso no puedo decírselo con seguridad. Había manchas de sangre en el extremo del solárium, lo que nos hace pensar que lo mataron allí. También hemos encontrado cerca, tirada tras una jardinera e igualmente manchada de sangre, la ropa del difunto. De ese hecho yo deduzco que cuando le dispararon estaba vestido y que lo desnudaron luego, con alguna intención quizá vejatoria, pero cada uno puede sacar sus conclusiones al respecto. Por la frialdad y rigidez del cuerpo, debieron dispararle y arrojarle a la piscina varias horas antes de que lo encontráramos. Por qué estaba Ignacio en el solárium, y si llegó allí por su voluntad o no, son extremos que no les puedo aclarar.

Pero tengo la impresión de que el asesino buscó sorprenderle en un momento de soledad, para consumar el crimen sin estorbos. Por eso les sugería antes que traten de permanecer siempre acompañados. Un último detalle, para quienes aún no lo sepan: el cadáver lo encontró Yuri, cuando salió esta mañana temprano a nadar en la piscina. Habría deseado ahorrarles el espectáculo a los demás, pero algunas personas del servicio se pusieron nerviosas y les despertaron con sus voces. Y me temo que eso es todo lo que hay.

Miré a Yuri con interés. Se mantenía impasible.

–Yo puedo añadir algo más –intervino entonces Lydia–. Hemos estado hablando con Lucía y hemos conseguido que nos cuente lo que recuerda de la noche. Dice que oyó levantarse a Ignacio a eso de las dos y media. Que no le extrañó, porque él padecía a veces de insomnio y prefería pasarlo en pie, leyendo o haciendo cualquier otra cosa. Ella durmió profundamente hasta la mañana. Cuando despertó, por culpa de las voces que nos despertaron a todos, Ignacio no estaba a su lado. No recuerda nada entre medias.

Escuché embelesado a la tía Lydia. Ah, aquella voz aterciopelada, aquel aplomo al construir las frases. Lástima de conocerla ya casada y con ocasión de unas vacaciones arruinadas nada más empezar por un asesinato.

–Muy bien –retomó la palabra Pezzi–. Ahora es cuando quisiera hacerles mi propuesta. Les propongo que designemos a alguien como detective. Alguien que se encargue de investigar en nombre de todos, y que guarde para sí lo que averigüe hasta que llegue a alguna conclusión.

–¿Y eso qué arregla? –preguntó Gonzalo.

–Impide que el asesino tenga la ventaja de conocer por dónde avanzan las pesquisas. Nos da una oportunidad de pillarle.

–Pero ¿a quién vamos a nombrar detective? ¿Hay algún policía por aquí? –consultó Raúl.

–No lo hay, que yo sepa –declaró mi tío–. Ha de ser uno de nosotros, un profano en la materia. Y como creo que es mejor que lo haga alguien que sea joven, tenga la energía suficiente y esté libre de ataduras, se me ocurre un clarísimo candidato: mi sobrino Ismael.

Me costará describir el asombro que me produjo verme de pronto convertido, contra mi voluntad, en el centro de la reunión. Miré a mi tío Bruno, suplicándole en vano que me explicara por qué me hacía objeto de aquella distinción indeseable. A los demás, intenté persuadirles con mi mejor gesto de idiota de que yo era el primer sorprendido, y de que no se me había consultado en absoluto antes de proclamar mi candidatura.

–Ya empezamos con el nepotismo –protestó la principal corriente de oposición, es decir, Carolina.

–¿Nepotismo? –exclamé, sin poder contenerme–. El nepotismo consiste en favorecer a los parientes, no en sacrificarlos.

–Anda, miralo, pero si tiene estudios –se burló Carolina.

Creí advertir en ella el resentimiento de la mujer que se las da de intelectual hacia el hombre bien plantado al que sabe que nunca podrá poseer. Y debo confesar, para que se sepa y nadie se llame a engaño, que a partir de entonces Carolina pasó a ocupar una página de mi libreta negra. No soy rencoroso, pero creo en el derecho a andar prevenido frente a cierta gente.

–No digo que su propuesta no tenga sentido, Pezzi, aunque no sepa quién es su sobrino ni a qué se dedica –opinó Gonzalo.

–Es piloto de motos acuáticas –apuntó el imbécil de Pancho.

–Lo que quiero decir –siguió Gonzalo– es que si hemos de poner en práctica su idea del detective, debe tratarse de alguien que cuente con el máximo consenso posible. No de alguien que nos coloque usted sin más.

–Además, ¿quién nos garantiza la inocencia de su sobrino? –metió baza Raúl, con aire de haber dicho algo extremadamente astuto.

–Eso último es un simple problema de probabilidades –observó Pezzi, que de pronto parecía encontrar una tortuosa especie de diversión en el sesgo que había tomado la asamblea–. En principio, si elegimos a una sola persona para investigar, las probabilidades de que esa misma persona sea el culpable son las más bajas que puede haber. Si tenemos la mala suerte de acertar, será que estamos gafados. Pero está bien, acepto su crítica. No tienen por qué fiarse de mí ni de mi elección. Propongo que votemos al detective, pero con una condición: que nadie se presente como candidato.

–Imagino que dice eso porque calcula que el culpable se presentaría y podría salir elegido –coligió Gonzalo.

–¿No lo haría usted, si fuera el culpable?

–Supongo que sí.

Pezzi se dirigió nuevamente al rebaño de huéspedes:

–¿Alguien se opone? Si no, abrimos la votación. Cada uno piensa quién le parece menos sospechoso, más competente o más adecuado por la razón que le venga en gana, y escribe su nombre en un papel. Los recogemos y el que saque más votos, queda nombrado nuestro detective.

Nadie formuló ninguna reserva, así que poco después allí estábamos todos, escribiendo cada uno un nombre en la cuartilla que se nos entregó al efecto. No sé en virtud de qué votaron los otros, ni si alguno, nadie lo había prohibido ni habría tenido sentido hacerlo, tuvo la ocurrencia demencial de votarse a sí mismo. Yo puedo revelar aquí mi voto y las razones por las que lo emití: Carolina, por la tirria que le había cogido a lo largo de la reunión. Todos doblamos en cuatro nuestros papeles, para que no pudieran distinguirse unos de otros, y los entregamos al encargado de proclamar el resultado. No era éste otro que Alfonso, a quien no se le reconoció por cierto derecho al sufragio activo, en una discriminación que a mí me pareció del todo impresentable, pero que él acogió con servicial acatamiento. Cuando Alfonso se disponía a iniciar el cómputo, el siempre puntilloso Philip nos hizo ver un clamoroso fallo en el proceso electoral:

–Un momento. Faltan los votos de Lucía y de Mónica.

Hubo un breve debate, que se zanjó despachando a Alfonso con dos cuartillas para que recogiera los votos de las ausentes. Regresó sólo con una cuartilla doblada. Lucía, al parecer, había optado por la abstención.

En medio de una expectación a duras penas contenida, Alfonso procedió al recuento de los votos. Fue apuntando en silencio el nombre que leía en cada cuartilla y al cabo de un minuto estuvo en condiciones de ofrecer el resultado. Lo leyó sin emoción aparente, enumerando a los votados en orden inverso, es decir, comenzando por los que habían obtenido menor apoyo:

–Doña Carolina, un voto. Don Gonzalo, dos votos. Don Yuri, tres votos. Don Ismael, siete votos. Total: trece votos.

El gran Bruno Pezzi dibujó una sonrisa de oreja a oreja. El colegio electoral guardó silencio, y por mucho que me esforcé en adivinar quiénes me habían votado y por qué, no fui capaz. Tal vez se debiera mi triunfo a la hábil maniobra de mi tío: al atraer la atención sobre mí les había hecho a muchos el trabajo de decidir, cosa que cada día menos gente quiere hacer por sí misma en las sociedades desarrolladas. O tal vez yo inspiraba más confianza (o dicho al revés, menos desconfianza) que el resto de los huéspedes. O tal vez, y a pesar del perfil bajo que había adoptado desde mi llegada a la isla, había conseguido que todos me odiaran y quisieran hundirme.

–Bien –constató nuestro anfitrión–. Parece que tenemos detective. A partir de este momento, les ruego a todos que colaboren con él.

Supongo que aquél habría sido el momento de negarme. Si les hubiera dicho que en modo alguno pensaba comerme aquel marrón, que por mí el asesinato lo podía investigar su padre y que todas mis aspiraciones se resumían en pasar lo más inadvertido posible hasta que alguien viniera a salvarnos, quizá se habrían hecho cargo y habrían puesto el caso en otras manos más dispuestas y pertinentes. Pero en ocasiones uno actúa de forma imprevisible, porque nunca acaban de penetrarse los misterios del alma humana, ni siquiera los de la propia. En lugar de hacerles un corte de mangas y salir de allí a escape, de pronto se me ocurrió que lo que me ofrecían podía ser una manera de distraer el tiempo. Tenía tres días por delante, y salvo ulteriores desastres que vinieran a amenizarlos, un buen número de horas para aburrirme. No abrigaba la menor esperanza de atrapar a ningún asesino, ni sentía especiales deseos de hacerlo, porque los asesinos suelen ser gente peligrosa y a la gente peligrosa yo le tengo un respeto reverencial. Pero mientras hacía que fisgaba aquí y allá podía hablar con unos y con otros, enterarme de sus miserias y acaso divertirme un rato a costa de alguno. Mi existencia, como la de casi todos los mamíferos, se resume en el conflicto entre dos impulsos poderosos de signo contrario: la indolencia y la curiosidad. Y el caso fue que aquella mañana, nadie me pregunte por qué, triunfó el segundo. Ya puestos a comportarme como un insensato, tuve un antojo que no me privé de pedir. Acordándome de la frase de Yavé según terminó de amasar al buen Adán, me dirigí a quienes acababan de elegirme y les dije:

–Está bien, acepto el encargo. Si alguien tiene que fastidiarse, y si pensáis que el más indicado soy yo, me resignaré al veredicto de la mayoría. Pero sólo pido una cosa: que no se me deje solo ante el peligro.

–¿Qué quieres decir? –preguntó mi tío.

–Que no me parece justo que nadie se vea obligado a asumir semejante responsabilidad en solitario. Quiero tener un ayudante.

–Buena la hemos hecho, con el detective –se descolgó Carolina.

–Todo esto es un disparate. Más vale que esperemos a que nos vayan matando uno a uno –se puso trágico Raúl.

–*I don't understand anything* –se quejó Heather.

–*Keep cool, darling* –trató de aplacarla Philip.

–Explíquese mejor –exigió Gonzalo.

–Es muy sencillo –dije, disfrutando del pequeño terremoto que había causado con mi petición–. Quisiera tener a alguien con quien poder cambiar impresiones. Alguien que me ayude a recoger pistas y a interpretarlas.

–A la mierda su teoría de las probabilidades, Pezzi –sentenció Carolina–. Con el tino que hemos tenido para nombrar al detective, seguro que ahora agarra y se escoge al asesino de ayudante.

Hay pocas cosas que me conforten tanto como darle en las narices a una lista. Aquélla estaba a tiro, y apreté el gatillo sin titubear:

–No he dicho que a mi ayudante lo vaya a escoger yo. De hecho, me gustaría que saliera por sorteo, y mire, ya que estamos, le propongo que sea su mano, señora, la que saque el nombre. Se me ha ocurrido además una forma de reducir el riesgo que acaba de mencionar: sólo participarán en el sorteo para elegir a mi ayudante las mujeres que se encuentran en la casa, incluyéndola a usted y excluyendo a la pobre Lucía, que bastante tiene. Con esa precaución, habrá muy pocas probabilidades de que la suerte seleccione al asesino. Es sabido que los homicidas son mayoritariamente hombres.

–En eso tiene razón –otorgó Kurt, abstraído.

–No está mal pensado, mirándolo por ahí –juzgó Gonzalo.

–Pero bueno, ¿es que van a seguirle el juego a este tarado? –gritó Carolina, dándome el placer de perder los estribos.

Naturalmente que estaba jugando, y que bajo mi propuesta no había el menor propósito de llevar adelante la investigación de forma más eficaz. La investigación, ya lo he dicho, me importaba un rábano. Lo único que quería era tener compañía femenina, para disfrutar un poco más de mi pasatiempo detectivesco. Me parecía demasiado descarado formular mis preferencias, y por eso me exponía a que a mi compañera la señalara el azar. Si el resultado era demasiado malo, podía renunciar a la ayuda. Pero si salía algo medianamente apetecible, la afectada no tendría más remedio que prestarse a colaborar conmigo. De pronto me sentía una especie de manipulador maquiavélico. Y me gustaba.

Pezzi me miraba como si quisiera atravesarme. No sé si adivinaba que yo estaba reconduciendo su maniobra hacia mi propia satisfacción, pero si así era, no me importaba lo más mínimo. Él, que me había metido en el fregado, era quien menos podía recriminarme. Así que me puse firme:

–Si no se acepta mi petición, rehúso el encargo.

Ésa es la ventaja de no tener nada que perder, y de apostar contra quien ya ha hecho su jugada y no la puede rectificar. Al fin, ante la negativa de Carolina, fue Alfonso quien prestó su inocente mano a la suerte. De la fuente en la que había metido un papel con el nombre de cada una de las mujeres, salvo Lucía, extrajo a ciegas el de la agraciada.

Dicen que la fortuna es caprichosa, y que cuando uno se abandona a ella, elige un mal camino. También dicen que los jugadores audaces son los que suelen recibir con más frecuencia sus favores. Pero lo único cierto es que nada se sabe con seguridad hasta que sucede. Alfonso desplegó el papel y leyó el nombre. Al oírlo, no pude reprimir una sonrisa.

La tía Lydia, los dioses me habían escuchado.

Opciones desechadas:

1. Mónica, la suerte es así.
2. Paula, ¿y qué iba a hacer ahora?

3. Sabueso a mi pesar

Alguna gente se ríe de los musulmanes, porque están todo el día alabando, bendiciendo y dando gracias a Alá. No es mi caso. De hecho, si yo creyera en Alá, haría lo mismo que los musulmanes, porque el simple hecho de poder pararse a pensar sobre las cosas, en lugar de tener que estar sufriendo cualquiera de las mil calamidades que pueden caerle encima a uno cada día, ya es motivo bastante para estar agradecido. Si además resulta que llegamos a ver cumplida alguna de nuestras esperanzas, entonces las razones para la gratitud se vuelven infinitas. Por eso, aquella mañana, pese a estar confinado en un desolado islote del Báltico en el que acababa de cometerse un asesinato, sentí que debía dar las gracias. Y ya que no podía dárselas a Alá, porque siempre me faltó la capacidad de concentración que el monoteísmo requiere, se las di a los dioses desconocidos que habían oído mi súplica y me habían regalado la compañía de Lydia para afrontar la investigación.

Después del sorteo, cuyo resultado fue acogido por la mayoría con cierto escepticismo, y por Carolina con ese recelo amargado que parecía constituir su estrategia frente a la existencia, los huéspedes se retiraron al salón contiguo, donde en seguida se formaron corros para disipar la ansiedad, criticar al anfitrión o, simplemente, seguir la recomendación de éste y huir de una soledad que podía resultar peligrosa. Quedamos en el comedor, nada más, los dueños de la casa y yo, coyuntura en la que me asaltó el temor de que a mi augusto tío le diera por echarme una bronca. Ante todo, pensaba en la frivolidad con que había implicado a su esposa en una tarea de la que muy posiblemente él habría preferido mantenerla al margen. Quizá por eso, o porque la precipitación y la pereza para discutir son dos de los muchos fallos de mi carácter, me apresuré a ofrecer una salida indigna:

–Puedo decirles que lo del sorteo era una broma.

Mi tío me observó con esa fijeza tan característica suya, y tan escalofriante para quien se veía sometido a su examen. Me sentí más o menos como una ranita tendida en la mesa del laboratorio, ofreciendo la tierna y palpitante pancita al bisturí implacable del profesor de Ciencias.

–Eso no sería justo –dijo la única voz de mujer que podía sonar allí.

Bruno Pezzi miró a su cónyuge. Sin expresión definida, como si hubiera dormido mal y sólo quisiera cerrar los ojos y olvidarse de todo.

–Estoy dispuesta a ayudar –añadió Lydia–. Si le hubiera tocado a otra, lo habría aceptado. Con mayor razón debo aceptarlo yo.

Su marido asintió, en silencio. Después se volvió en mi dirección y, en lugar de la reprimenda para la que me hallaba prevenido, eligió, pasmosamente para mí, construir una grave y convincente disculpa:

–Lamento mucho que por venir a mi casa, después de tanto tiempo, te veas metido en una situación tan poco apetecible. No es esto lo que yo pretendía, desde luego. Pero el destino nos tiende sus emboscadas donde mejor le parece, y si algo he aprendido es que de nada sirve quejarse.

Pezzi hizo una pausa. Suscribí calladamente su sabia filosofía.

–Me perdonarás también que te propusiera –siguió diciendo–. Pero no me fío de ninguno de ellos. No me fío de la honradez de algunos, ni de la inteligencia de los demás. Espero que comprendas que no tenía alternativa, y te agradezco de verdad que te hayas prestado a ocuparte tú.

–Bueno, no creo que hubiese estado bien que la gente me votase y que yo... –improvisé, pero no supe cómo terminar la frase y la dejé ahí.

Bruno Pezzi se levantó entonces de su sillón. Había momentos, como aquél, en los que parecía un hombre mayor, más de lo que realmente era, de acuerdo con los cálculos familiares que me servían para datar su nacimiento. Me fijé en que tenía aún peor cara que la noche precedente, y la tez un punto más amarillenta. También vi, o creí ver, que al incorporarse reprimía un rictus de dolor. Lydia se acercó a él, pero no para ayudarle, lo que supuse que le habría humillado (y ése era un error que una mujer como Lydia se habría cuidado mucho de cometer), sino tan sólo para tomarle la mano y estrechársela. Pezzi, en correspondencia, le acarició la mejilla.

–La suerte te ha dado una buena ayudante, Ismael –dijo, forzando la sonrisa con todos los músculos de su cara–. La mejor que podías tener. No me opongo a que te eche una mano. Al revés, en nadie podría confiar más. Sólo te pido que, ya que vas a estar con ella, te encargues de cuidarla.

Y dicho esto, el gran Bruno Pezzi abandonó ceremoniosamente el comedor de su casa, dejándome allí a solas con su mujer.

Lo primero que hubo entre Lydia y yo fue un espeso silencio. Ella seguía mirando la puerta por la que había salido su marido, pensativa. Yo la miraba a ella, un poco al descuido, pero sin perder detalle. Hay algo que todavía no he dicho sobre Lydia, y que sin embargo resulta de la máxima importancia: era muy pecosa. Las pecas le inundaban la cara, se derramaban por su cuello, se extendían por su pecho y se precipitaban al fondo de su escote, donde sólo me cabía adivinar que había muchas más. Ella era morena de pelo, pero más bien blanca de piel: justo el tipo de pecosa que no sé por qué, desde mi más tierna infancia, ha tenido el bendito poder de alterarme el juicio hasta extremos casi insoportables. La primera de todas fue Esther, que en mi memoria vivirá siempre como una dulce niñita de cinco años que me anudaba al cuello la bufanda en los días de invierno. Desde ella hasta la fecha, en mis treinta años de debilidad ante las pecosas pálidas, ha habido episodios bastante intensos, pero esa mañana, en el comedor de Bruno Pezzi, la afección alcanzó niveles apoteósicos. Me costó mucho asumir que no podía deleitarme eternamente con aquella incitante canela espolvoreada por sus mejillas y sus clavículas. Al fin, echándole voluntad, le pregunté:

–¿Se encuentra bien?

Lydia sabía de sobra que yo nunca la trataría de

usted, y dedujo que era por su marido por quien me interesaba. Se volvió hacia mí. No sé si he dicho que tenía los ojos entre verdes y azules, enormes.

–No –repuso, con aire ausente–, no está bien del todo. Pero quién puede estar bien, cuando ha pasado por lo que él ha tenido que pasar.

Por un instante ardí en deseos de reclamarle detalles sobre el tormentoso (y a la sazón, extenso) pasado del tío Bruno, pero me dio que no era el momento, ni el lugar, ni el modo más adecuado de ganar su confianza. Así que me mordí la lengua y dejé que ella tomase la iniciativa.

–No pareces tener mucho miedo –dijo, un poco circunspecta.

Medité un segundo. No es algo que suela hacer, pero en ocasiones resulta conveniente. Debía encontrar las palabras precisas.

–No veo por qué habría de tenerlo –observé.

Lydia insinuó una sonrisa algo fatigada.

–Oh, vamos, no me hagas decirlo.

«Oh, sí, te haré decirlo», pensé, y me quedé mirándola como un bobo, lo que por otra parte no me resultó nada difícil.

–Sabes perfectamente a qué me refiero –explicó, resignada–. Ya han matado a uno. No podemos descartar que nos maten a los demás.

–A mí no –dije, con convicción–. La isla está llena de personajes ilustres. Yo no lo soy en absoluto. No tengo dinero, ni éxito, ni reputación, ni prestigio de ninguna especie. Soy un cualquiera, un don nadie. ¿Por qué iba ningún asesino a perder el tiempo conmigo?

Lydia escudriñó con malicia el fondo de mis ojos.

–Eres el sobrino de Bruno Pezzi. Y ahora, además, eres el detective. Creo que al asesino no le falta un par de razones para pasarte a los primeros puestos de su lista, si es que estabas tan atrás como dices.

–Al contrario –rebatí–. Si el asesino está bien informado, como parece, sabrá que mi relación con mi tío era nula hasta ayer. Y que yo sea el detective le viene de puta madre. No soy muy listo, tiro más a cobarde que a valiente y me falta el tesón para recopilar y atar las pistas en un caso tan complicado. En tres días no le cojo ni de coña. Además, si me matara, otro se ocuparía del asunto. A juzgar por la votación, el detective podría ser Yuri, que ha probado su sangre fría, o Gonzalo, que parece un tipo meticuloso, o Carolina, con su mala hostia. Y entonces sí que la habría cagado. Creo que estoy seguro, y que tú, mientras estés a mi lado, también lo estás.

Lydia analizó someramente mis palabras. Temí haber sido demasiado mal hablado, pero es como un tic que me da cuando una tía me pone a cien, supongo que para que no se piense que se encuentra frente a un caniche con la lengüita fuera esperando a que le rasque la pelusilla del pecho.

–Veo que no te has apuntado a la moda –sentenció, enigmática.

–¿Qué moda?

–La de mantener un alto concepto de uno mismo.

–No creas –respondí–. Me caigo bastante bien, así como soy. Pero también soy consciente de que nadie me va a admirar.

–Eso nunca se sabe.

–Tampoco me quita el sueño. Llevo genes de hombre vulgar, y no siento el impulso de ser nada más que una persona anónima.

Lydia, benévolamente, bajó los ojos y los dejó vagar por el dibujo de la alfombra. Habría dado alguna parte no vital de mi cuerpo por saber lo que estaba pensando. Para ser sinceros, lo que en ese momento me apetecía por encima de cualquier otra cosa era saber todo lo que pudiera saberse de ella, y por un instante sopesé la posibilidad de someterla a un interrogatorio en profundidad. No habría sido del todo improcedente que mi primera medida como investigador hubiera consistido en cerciorarme de hasta dónde podía confiar en mi ayudante. Sin embargo, me pareció que la maniobra habría resultado demasiado prematura, y que más adelante podría proporcionarme más fruto y placer. Lydia alzó entonces la vista y dijo:

–Bueno, habrá que empezar por algún lado, ¿no?

–En eso mismo estaba pensando –mentí.

–¿Y qué has decidido, Sherlock?

Había ironía en su pregunta, pero no de la mala, o eso quise creer.

–Pues mira, querida Watson –se la devolví–, como no aspiro a deslumbrar a nadie, creo que haremos algo completamente rutinario.

–¿Y eso qué quiere decir?

–Seguiremos el orden usual: examinar el cadáver, inspeccionar los otros lugares donde supuestamente actuó el asesino, interrogar al servicio, interrogar a los huéspedes, interrogar a la viuda. O bueno, a la semiviuda.

–¿Y después?

–Los resultados nos lo dirán. ¿Estás de acuerdo?

–Por qué no.

Ahora era ella la que parecía indiferente a la fea situación en que andábamos metidos, con un cadáver que iniciaba su inexorable viaje hacia la podredumbre bajo el tenue sol del Báltico. No pude evitar preguntarle:

–¿Y tú, no tienes miedo?

Lydia no respondió en seguida. Se puso de pie y se estiró el vestido.

–¿Doy impresión de no tenerlo? –consultó.

Me encogí de hombros.

–No te conozco lo suficiente para adivinar tus estados de ánimo.

–Claro que tengo miedo –dijo–. Y no sólo por mí. Pero el miedo hay que tragárselo. Es lo único sensato que se puede hacer con él. ¿Vamos?

Ya metido en mi papel de profesional de la deducción, inferí que aquello significaba que se habían acabado las confidencias y que mi ayudante me instaba amable pero firmemente a poner manos a la obra. No podía resistirme. Me levanté yo también y la invité a salir primero.

–No –se opuso Lydia–. Después de ti.

–¿Por qué?

–Por dos razones. Eres mi invitado y mi líder.

Ah, aquella sonrisa. Nunca me he visto como un líder ni he sentido el menor deseo de serlo, porque los líderes suelen servir para encarnar los bajos instintos del populacho, cuando ascienden, y para desahogar las culpas y las frustraciones colectivas, cuando irremediablemente caen. Pero ser el líder de Lydia, valga la paronomasia o como se llame, era diferente. Algo que hacía cosquillas en el alma como si te la frotaran con una pluma de ángel. De modo que no discutí, y la precedí camino del solárium.

Ignacio seguía en el mismo sitio y en la misma postura, lo que al lector ligero le parecerá evidente, pero dista de serlo. El criado de Pezzi que lo vigilaba no lo había movido ni había dejado que nadie lo hiciera. Las ganas que tenía yo de levantar la manta que le cubría eran las mismas que suelo tener de abrirle la boca a mi odontólogo. Sin embargo, lo hice rápido y con decisión, porque en la vida, que es un asunto paradójico, conviene acometer con energía y hasta con entusiasmo las empresas que nos fastidian, y mostrar desgana al apoderarnos de lo que ansiamos. Aquella cabeza de hombre eminente había conocido sin duda mejores tiempos. La sangre seca, las esquirlas de hueso y los grumos de masa encefálica suponían un desafío importante para el estómago, y los ojos abiertos y vidriosos, una prueba para el espíritu. Ningún hombre que conserve un resto de humanidad puede evitar un estremecimiento ante la mirada vacía tras la que apenas horas antes había otro hombre: por mucho que pudiera odiarlo en vida, lo que en ningún caso me ocurría a mí con Ignacio, que tan sólo me resultaba ajeno y un poco risible en su afán de darse importancia. Lydia, detrás de mí, observaba el cuerpo con gesto impenetrable. El criado se había apartado unos pasos.

–Me pregunto qué sintió –dije.

–No creo que mucho –opinó Lydia–. Debió de morir casi en el acto.

–No me refiero a los tiros, sino a lo otro.

–¿Lo otro?

–Sí, lo otro. Qué sintió cuando comprendió que se había acabado la fiesta, que habían sonado las doce campanadas y que le tocaba cambiar la carroza dorada por la puta calabaza que se lo llevaba al otro barrio. Aunque sólo fuera durante un segundo, lo supo. Mira esos ojos.

–No sé por qué te interesa tanto –dijo Lydia–. Sentiría lo que cualquiera. Mucha angustia, y luego nada.

Sonó terminante, precisa. Como si ya hubiera muerto alguna vez. Un poco picado por su frialdad, cedí a la tentación de explicarme:

–Me interesa porque yo vine con este hombre en el helicóptero y me pareció, por resumirlo en dos palabras, uno de esos capullos que están convencidos de que el momio lo tienen porque se lo merecen, y terminan creyendo que no se les va a acabar nunca. Pero aquí, tirado en el suelo, me da lástima. Ya no es aquel imbécil petulante, sino un hermano abatido.

No sé por qué dije aquello, que era exactamente lo que pensaba. Para impresionarla, quizá. Lydia respondió con un juicio equívoco:

–Una imagen muy poética.

Por si se estaba riendo de mí, opté por regresar a la más grosera materialidad. Retiré hacia un lado la manta y dejé al descubierto todo el cuerpo. Estaba enteramente bronceado, incluidas las nalgas y las ingles. Debía de tener su propia lámpara en casa, imaginé. No se conservaba mal, para su edad. Sólo presentaba un poco descolgadas las tetillas y una disculpable flaccidez en la parte del abdomen. Por lo demás, mi reconocimiento no descubrió signos adicionales de violencia: ni contusiones ni arañazos.

–Le mataron por sorpresa, o le intimidaron con el arma –interpreté–. No hubo ninguna clase de forcejeo.

–Así parece –concedió Lydia.

Volví a tapar el cadáver.

–Creo que deberían guardarlo donde pueda conservarse mejor –dije–. Es inútil mantenerlo aquí, porque no es donde lo encontraron. Estoy seguro de que la policía y el juez se harán cargo de las circunstancias.

–Supongo que tienes razón –aprobó Lydia.

Llamó al criado y le dirigió unas breves instrucciones en un idioma para mí ininteligible, que debía de ser sueco. El criado asintió varias veces, moviendo la cabeza arriba y abajo con brusquedad. Luego salió disparado.

–Lo guardaremos en la cámara frigorífica –informó Lydia–. Es un poco macabro, pero no tenemos ninguna opción mejor.

Me sorprendió que tomara la decisión de almacenar a Ignacio en la cámara por sí misma, sin consultar con su marido. Pero para algo era la dueña de la casa, y en Suecia, aunque ni ella ni Pezzi fueran allí más que residentes, el principio de igualdad entre sexos goza de una ejemplar efectividad.

Siguiendo el orden que nos habíamos fijado, a continuación visitamos el centro de comunicaciones. Era una pena ver todos aquellos costosos aparatos reducidos al miserable estado de chatarra. No entiendo mucho de telecomunicaciones, pero saqué la impresión de que todo allí era de primeras marcas. Mucho *Made in Germany* y mucho diseño, que aún podía apreciarse pese a los mandobles con que habían arruinado la instalación. Por cierto que debían de haber hecho la faena con algo realmente poderoso, un mazo de albañil de los grandes, como mínimo. Había dicho bien Alfonso cuando había comunicado a su jefe que podía olvidarse de aquellos equipos.

Otro tanto podía decirse de los daños infligidos al yate. El escaso calado de la zona del embarcadero me permitió examinar los boquetes que habían abierto en el casco sin necesidad de sumergirme bajo las aguas. Mejor, porque el Báltico no es un mar acogedor, ni siquiera en verano. Había sido un bonito yate, por otra parte. No demasiado aparatoso, apenas quince metros de eslora. Un juguete modesto, para alguien como Pezzi. Sobre la popa, como un presagio funesto, se leía el nombre, *Deep Destiny,* que probaba que el dueño no participaba de la proverbial superstición marinera.

El generador de energía eléctrica, en cambio, no presentaba a simple vista un aspecto alarmante. Yo no entendía nada de aquella clase de máquinas y Lydia tampoco, así que tuvimos que llamar a Alfonso para que nos explicara qué era lo que le impedía funcionar y abastecer de electricidad a la isla. Resultaron ser dos piezas bastante básicas, cuyos nombres olvidé según los oí porque no pensé que me fuera a servir de nada memorizarlos. Según Alfonso, cualquiera que tuviera una mínima idea de cómo funcionaba un generador como aquél, sabía que quitándole aquellos componentes quedaba inutilizado. No había que ser ningún experto para tener la ocurrencia.

–¿Y cómo es que no tienen repuestos? –pregunté.

–Porque esas piezas no fallan nunca –repuso Alfonso–. Y si fallaran, siempre se puede llamar para que traigan otra. Se podía, quiero decir.

Observé a Alfonso con aire suspicaz. Sólo por poner a prueba su temple y sus reflejos. Y debo anotar que no salió muy airoso. Se ruborizó y pestañeó como si le hubiera entrado un grano de sal en el ojo.

–¿Puedo aprovechar para hacerle algunas otras preguntas? –dije.

Alfonso miró a Lydia. Mi tía asintió, como yo esperaba.

–Si puedo ayudarle en algo más... –se ofreció Alfonso, dubitativo.

–Mejor o peor, conozco a los huéspedes –empecé a decir, con esa pachorra que suele caracterizar al investigador bregado, y que en mi caso podía desplegar no por exceso de experiencia, sino por genuino desinterés–. Pero en la isla hay otro grupo de sospechosos de los que no sé apenas nada. Precisamente, el grupo que usted encabeza. Me refiero a la servidumbre.

Alfonso tragó saliva. Seguramente era torpe y de mala educación dirigirme a él con aquella brusquedad. Pero me apeteció. Eso es lo malo que tiene el que a uno le den poder, aunque se trate de un poder tan discutible como el que me habían dado a mí. Se tiene la tentación de ejercerlo, y lo que más y más rápido te tienta del poder es la posibilidad de abusar de él.

–Usted dirá –se rehízo mi interlocutor, con un súbito orgullo.

–Para empezar –dije, sin dejar de escrutarle–. ¿Cuántos son?

–Ocho. Nueve conmigo, si desea usted incluirme.

La precisión la hizo con cierto retintín. Recordé haber leído en alguna parte que el detective siempre entabla un duelo con el interrogado, en el que debe tratar de imponerse para sacar la verdad. Francamente, no era mucho lo que me apetecía acometer aquel esfuerzo con el leal Alfonso.

–¿Cuántos hombres y cuántas mujeres? –continué.

–Cuatro mujeres y cuatro hombres. Cinco conmigo.

–¿Los demás son todos suecos?

–Sí.

–¿Y llevan mucho tiempo trabajando aquí?

–El que menos, tres años.

–¿Diría usted que son personas de confianza?

–De la máxima confianza.

No la terminó en voz alta, pero pude sobreentender el resto de la frase: «Ninguno de ellos asesinaría a un invitado del señor, en su primera noche en la isla». Me gustó aquel gesto de Alfonso. Un jefe siempre debe dar la cara por su gente. Para qué coño sirve un jefe, si no.

–Ya veo –asentí, despacio–. Si no le importa, Alfonso, ahora me gustaría hacerle un par de preguntas sobre usted mismo.

Tenía su gracia aquel juego, lo reconozco. Sobre todo, observar el esfuerzo de la víctima por volver a parecer un inocente corderillo.

–¿Qué desea saber?

–Sólo dos cosas, por ahora. Primera, qué hizo y dónde estuvo anoche, desde las doce hasta el amanecer. Segunda, cómo había olvidado usted que el difunto poseía un teléfono móvil vía satélite. Lo primero creo que tengo que preguntarlo obligatoriamente. Lo segundo me llama la atención.

Alfonso rehuyó mi mirada y me dio la impresión de titubear. Pero cuando habló lo hizo con voz serena y convincente.

–La noche la pasé entera en mi habitación, exceptuando un viaje que hice a la cocina a eso de las dos de la mañana.

–¿Para qué?

–Para tomar algo dulce. Soy diabético y sufro bajadas de azúcar.

–Ah.

–En cuanto a su segunda pregunta, no tengo respuesta. Imagino que debería haberme acordado del teléfono en seguida, cuando comprobé que estábamos incomunicados. No sé, se me amontonó todo.

Respuesta correcta, pensé. Sin rodeos ni excusas. Entre eso y su enfermedad, Alfonso había terminado de ganarse mi simpatía.

–Voy a preguntarle una última cosa –dije–. Perdone si le parece una tontería. A las dos de la mañana, cuando fue a la cocina, ¿notó algo raro?

–Si hubiera notado algo, habría tratado de impedirlo.

No sé si los detectives de verdad se guían por argumentos como éste, pero Alfonso me parecía un buen tipo y sus palabras sonaban creíbles. No consideré elegante seguir incordiándole. Volviendo al plan que nos habíamos trazado, me dispuse a afrontar el paso siguiente: entrevistar a la servidumbre. Ya que lo tenía a mano, le pedí a Alfonso que me reuniera al personal y me hiciera de intérprete. Se avino a hacerlo, con su habitual diligencia.

Nunca he abrigado deseos de dedicarme a la función notarial, así que prescindiré de detallar los sucesivos interrogatorios que vinieron a continuación. En resumen, el trámite fue largo y penoso, porque todos los miembros del servicio estaban muy apurados, porque ninguno tenía nada significativo que decir y porque con las demoras y los tiempos muertos que imponía la traducción de preguntas y respuestas aquello se alargó muchísimo.

Los sirvientes eran, además, personas un tanto oscuras; taciturnos ellos y algo tímidas ellas, desmintiendo la imagen rutilante y explosiva que la palabra *sueca* aún despierta en el subconsciente hispano. En todo caso, lo aclaro desde ya, ninguno de aquellos humildes y probos empleados estaba implicado en los hechos. Así lo indicaban sus respuestas y así lo acabará demostrando cumplidamente el desenlace de la historia. Supongo que si esto fuera una novela inglesa el autor se tomaría un par de capítulos para arrojar sospechas sobre una de las criadas, que se llamaba Sigrid y tenía su encanto, pese al porte fúnebre que le daban su indumentaria y su actitud; o sobre uno de los varones, que se llamaba Sven y alzaba uno noventa y muchos. Pero me parece tonto e infantil entrar en esa clase de juegos, y tampoco quiero obligar a nadie a retener más nombres ni más personajes de los estrictamente imprescindibles. Por eso prefiero absolver de forma anticipada a todos aquellos esforzados trabajadores. De paso, impido que se llegue a plantear siquiera en la mente del lector la idea que (Dios sabe con qué propósitos) tienden a alimentar todos esos relatos donde el asesino resulta ser alguien del servicio: que el crimen es una tendencia natural de las clases inferiores, que desahogan así su impotencia y su rencor hacia las personas de valía.

Después de hablar con la servidumbre, y antes de reunirnos con los demás para el almuerzo, Lydia y yo nos acercamos dando un paseo hasta el mirador del extremo occidental de la isla. Allí, bajo el cielo nublado de un mediodía que sólo con cierta imaginación podía calificarse de estival, estuvimos contemplando durante unos minutos la superficie de acero de aquel mar frío y extraño. No quisiera incurrir en paisajismo turístico, pero no puedo dejar de consignar la impresión que produce la visión del Báltico, bajo un firmamento encapotado, cuando sus aguas están tranquilas. Parece un mar falso, de *atrezzo*, como uno se imagina el mar subterráneo que describe Julio Verne en *Viaje al centro de la tierra.* Mirándolo, me parecía que todo formaba parte de un sueño que otro estaba teniendo. Ya sé que ésta no es una metáfora original, pero ningún ser humano es original. Llevamos en el ADN toda la mierda de un millón de antepasados, desde papá y mamá al mono astuto y ventajista que se levantó un buen día sobre dos patas para ver mejor por encima de la maldita hierba seca de la sabana africana. Y el sueño en el que vivimos sigue siendo el de ese mono, al cabo de los milenios.

En todo caso, resultaba agradable, el sueño, en la parte que consistía en sentir a mi lado la pecosa presencia de tía Lydia y atisbar de reojo su perfil que el viento limpiaba, al estirar sus cabellos en las sienes y la frente.

–Ninguno de ellos ha tenido nada que ver –dije, volviendo a la realidad.

–¿Cómo? –preguntó Lydia, que también se había distraído.

–La servidumbre. Podemos olvidarnos de ella.

–¿Eso crees?

–Primero, no me cuadra. Segundo, me han caído bien, aunque sean un poquito hoscos, estos suecos que tenéis aquí. Y tercero, no han hecho ni dicho nada que pueda movernos a sospechar. ¿O sí?

–No –concedió Lydia–. Y me extrañaría mucho, la verdad. Llevo dos años viviendo con Bruno, y ellos siempre han estado aquí. Son gente sencilla, de la costa. Pasan dos semanas en la isla y dos semanas en sus casas. Se les paga bien y no se les trata mal. ¿Por qué iban a meterse en algo semejante?

De pronto me acordé de algo. La forma en que la tía Lydia había ordenado a uno de aquellos empleados que retirase el cadáver. Había un detalle que despertaba mi curiosidad, y quise que me lo aclarara:

–Oye, ¿puedo hacerte una pregunta?

Lydia me sostuvo la mirada, sin parpadear. No como Alfonso, antes.

–Naturalmente.

–¿Dónde aprendiste a hablar sueco?

Se echó a reír, cosa que me descolocó bastante. Al fin dijo:

–Lo aprendí en casa. Soy sueca.

Debí de poner una cara de asombro bastante espectacular.

–Mi padre era español –explicó–. Vivimos con él unos ocho años, en Alicante. Luego vine con mi madre aquí. Me crié en Estocolmo.

El misterio de la tía Lydia empezaba a desvelarse, inesperadamente. Ahora ya podía entender no sólo su fluidez en el idioma escandinavo, sino también por qué a la vez hablaba español como una nativa y por qué me había parecido al conocerla que por sus venas corría sangre mezclada. Medio mediterránea y medio vikinga, un cóctel de efectos imprevisibles.

–Vaya, quién iba a imaginarlo –balbucí.

–En fin, regresando a la investigación –dijo–. No sé si te has dado cuenta del punto al que te lleva la conclusión que acabas de sacar.

–Pues no –admití.

–Si no hubo connivencia de nadie del servicio, el asesino debió conseguir por otros medios la información para neutralizar los puntos vitales de la isla. Y tener la fuerza física suficiente para causar los destrozos.

Era un razonamiento sencillo, y a primera vista coherente. Lo que no acabé de discernir fue por qué me lo exponía. Lo de la fuerza física exculpaba tanto a ella como a Pezzi, que no parecía en su mejor forma. Pero lo otro, lo del conocimiento de la isla, apuntaba sólo a tres posibles sospechosos, una vez excluidos los criados suecos: Alfonso, Pezzi y ella.

–Hay otra posibilidad –respondí.

–¿Cuál?

–Lo del centro de comunicaciones lo sabíamos todos, porque Alfonso se preocupó de informarnos de su existencia y de su ubicación. El yate estaba a la vista. Y era evidente que había un generador en alguna parte, porque no hay otro modo de tener aquí electricidad. Sólo era cuestión de buscarlo, y la isla es pequeña. Quien decidió romperlo todo no necesitaba un gran conocimiento previo del terreno. Le bastó explorar un poco.

Noté que de un solo golpe me había ganado el respeto intelectual de Lydia. Hasta entonces, había debido de creer que yo era un mastuerzo abúlico incapaz de empalmar dos ideas. Animado por el éxito, seguí:

–Por otra parte, tampoco debemos esperar que el dato de la fuerza física nos sirva para identificar al asesino. Hasta ahora, hemos estado moviéndonos todo el tiempo sobre una premisa que podría no ser cierta.

–¿Qué premisa es ésa? –preguntó Lydia, con auténtico interés.

–Que el asesino actuó solo, sin ayuda exterior.

–¿Crees que...?

–Creo que no es imposible. Él o los cómplices desembarcaron de noche, hicieron el trabajo y se largaron. ¿Quién vigilaba para impedirlo?

–Nadie, eso es cierto.

–Pues ya lo tienes. Un nuevo enfoque del caso.

–Según ese enfoque –coligió Lydia–, podría ocurrir que ninguno de los que ahora se encuentran en la isla estuviera implicado.

Sopesé su planteamiento y por un momento estuve a punto de dejar que se siguiera manejando con él.

Pero lo vi demasiado inconsistente, y aunque ya me dolía llevarle la contraria a la tía Lydia, lo hice:

–Eso, sin embargo, no lo veo. La experiencia dice que los acontecimientos no suelen coincidir por casualidad. La llegada a la isla de un grupo de invitados es lo que desencadena el crimen. Lo más lógico es que alguien de dentro esté metido en el ajo. Alguien que supiera quién era Ignacio y que tenía un teléfono vía satélite, por ejemplo. Creo que lo que ahora nos toca es tratar de averiguar el móvil del homicidio. Y para eso, me parece que será bueno que cambiemos el orden de nuestras pesquisas y que hablemos primero con Lucía y después con el resto de los huéspedes.

–Como tú digas.

Era gratificante, verla obedecerme. Y no sólo eso. A fe mía que aquélla era una forma voluptuosa de investigar. Entre la luz gris, que la favorecía, y el aire que le despejaba la cara, sentí unos deseos irrefrenables de morderla. Pero una vez más, me contuve. Regresamos hacia la casa.

–Si hay alguien que actúa desde el exterior –discurrió Lydia en voz alta, mientras caminábamos–, tenemos otro problema: el traidor entre nosotros puede ser cualquiera, incluso el más insospechado. Puede tener coartada, ni siquiera le hizo falta estar allí para pegarle el tiro al difunto.

Tenía razón el tío Bruno. La suerte me había dado una buena ayudante. Aprobé su sagacidad con una amplia sonrisa y respondí:

–Por eso mismo creo que tenemos que tratar de descubrir el móvil, antes que la mecánica del crimen.

El almuerzo fue una reunión tensa y mustia, como quizá resultaba inevitable. Cada uno lo afrontó a su manera. Muchos eligieron hablar de cualquier otra cosa, con tal de mantener el cerebro alejado de lo que a todos nos concernía prioritariamente. El tío Bruno permaneció encerrado en un mutismo casi inexpugnable. Y algunos (en concreto Pancho, Gonzalo y Carolina) escogieron como ruin pasatiempo meternos el dedo en el ojo a los dos investigadores. Como era de esperar, la áspera compañera del plumífero latinoamericano fue la más incisiva en sus impertinencias:

–Y qué, ¿ya tenemos alguna pista sugerente? ¿O habrá que esperar a que otro de nosotros aparezca baleado para establecer analogías?

Me confortó comprobar que Lydia, sin necesidad de hablarlo antes, adoptaba ante esta pregunta, como ante las de los demás, la misma actitud que el detective-jefe (es decir, yo): silencio férreo y mirada vagamente comprensiva. A los postres, antes del café, me levanté y dije:

–Si nos disculpan, Lydia y yo tenemos que hacer. Por cierto, me gustaría tener esta tarde un ratito con cada uno de ustedes.

Lydia se levantó también, dejando medio postre en el plato, y me siguió hasta la puerta. Daba gusto notar que a nuestra espalda no se oía ni el ruido de una mosca. Como solía repetir mi primer jefe, un tipo de inteligencia superior, y un canalla de cuidado: el ser humano tiene una propensión natural a reconocer el principio de autoridad. Sólo hay que hacérsela sentir, sin miramientos de ninguna clase. Con espontaneidad y resolución.

Antes de entrar en la habitación de Lucía, llamamos suavemente a la puerta. Una voz murmuró al otro lado:

–¿Quién es?

–Nosotros. Lydia e Ismael –anuncié.

La puerta se entreabrió sin hacer ruido.

–¿Qué queréis? –preguntó Mónica, mirándonos a ambos de arriba abajo.

–Hablar con Lucía.

–¿No hay más remedio?

–Me temo que no. No nos alargaremos demasiado. ¿Está muy mal?

–Bueno, ya se ha dado cuenta, así que no está bien. Pasad.

Mónica abrió la puerta del todo y vimos a Lucía, tendida boca abajo en la cama. Seguía vistiendo la misma bata que le había visto por la mañana en el solárium. Sobre la mesilla había una bandeja con dos platos de los que apenas faltaba comida. Nos acercamos hasta ella, bajo la vigilancia de Mónica. Fue Lydia quien le puso la mano sobre la espalda y le habló:

–Lucía. Soy Lydia. Está conmigo Ismael. Tenemos que hacerte unas preguntas. Sólo será un momento.

Lucía levantó la cabeza y se volvió apenas. Tenía los ojos enrojecidos y las mejillas irritadas. Siempre me duele ver sufrir a una mujer. A un hombre también, pero menos. Los hombres casi siempre se lo buscan, de un modo u otro. A las mujeres, en cambio, la historia les ha hecho padecer una y otra vez, sin comerlo ni beberlo, las consecuencias de la mala leche ajena.

–¿Qué queréis?

–Sólo hacerte un par de preguntas –intervine–. Estamos tratando de averiguar por qué ha ocurrido lo que ha ocurrido.

No me satisfizo mi eufemismo, pero tampoco era eso lo más importante.

–¿Y yo qué puedo aportar? –dijo Lucía, incorporándose. Al hacerlo, se le entreabrió la bata. Juro que miré castamente hacia otra parte, aunque a estas alturas el lector espere que me comportase como un degenerado.

–A lo mejor sabes si Ignacio tenía algún problema. Alguna cuenta pendiente con alguien. Algún enemigo.

Lucía dejó caer otra vez la cabeza sobre la almohada. En esa postura, con la cara vuelta a un lado, respondió:

–Yo no sé nada. A mí sólo me hacía regalos y me hablaba de cuando era joven y quería cambiar el mundo.

Una salida imprevista, para la silicónica Lucía. Me confirmaba en una de mis convicciones: la gente sólo madura a fuerza de que le pasen putadas, y hay algunas putadas que te hacen madurar por la vía rápida. También sentí una cierta ternura hacia el escindido Ignacio: con un hemisferio del cerebro pretendía la presidencia del banco y con el otro reconstruía su adolescencia rebelde al olor de la piel de Lucía. Para que luego digan que un banquero no puede albergar un poeta. Lo que no suele pasar es que el banquero deje al poeta que lleva dentro que conceda los créditos. Para eso hay hombres torvos y minuciosos que se encargan de organizar el mundo.

–¿Y no observaste nada raro en él, últimamente?

Lucía se incorporó. Esta vez tuvo cuidado del escote de su bata y se sentó de cara a nosotros. Se enjugó las lágrimas y suspiró.

–No noté nada. Estaba como siempre.

–¿Cómo era? Contigo, quiero decir –pregunté.

Las miradas que al unísono me dirigieron Lydia y Mónica me sugirieron que me estaba extralimitando en mis funciones, pero no hice caso. El detective era yo.

–Era bueno –juzgó Lucía–. No diré que me tratara de igual a igual, pero me quería. A veces yo sabía que tenía la cabeza en otra parte, y me aguantaba. Otras veces verle así me sacaba de quicio. Y entonces siempre se arrepentía y me pedía perdón. Supongo que ya te has hecho tu idea de nuestra relación, pero te equivocas. ¿Sabes por qué estaba con él?

–No.

–Porque era profundo y me hacía sentir única, no sólo atractiva físicamente. Nadie me había dicho nunca las cosas que él me decía. Me miraba como si me estuviera soñando. Voy a echarle de menos.

Y se echó a llorar, como era previsible. Casi lamenté haber penetrado en aquella intimidad de Ignacio y Lucía, patética, como todas las intimidades. No parecía que Lucía pudiera aportar mucho más. Ya sabía por Lydia lo que la chica recordaba de la noche anterior, y no vi que pudiera proporcionarme mayores precisiones. Así que le tomé la mano y le dije:

–Está bien, Lucía. Muchas gracias.

Se quedó allí, limpiándose los mocos, con la mirada perdida. Mónica nos acompañó hasta el pasillo y al salir cerró la puerta tras ella. Lo hizo sin ruido, para incomodar lo menos posible a Lucía. Es otra cosa que siempre me fascina de las mujeres. Esa naturalidad meticulosa con que saben cuidar de otra persona. No tienen que aprenderlo, ni necesitan pensar en ello siquiera. Les sale automáticamente. Por eso se les suelen encomendar las profesiones en las que hay que estar pendiente de los demás. Ahora también hay enfermeros y azafatos, objetará alguien. Pero incluso ellos respaldan mi argumento. Su amabilidad siempre es hipócrita. En el fondo les jode tener que servirte, y a nada que te descuides, se preocupan de hacértelo notar.

–Si me permites mi opinión, esto que estáis haciendo me parece una pantomima ridícula –me espetó Mónica, sin contemplaciones.

–Es una opinión respetable, como todas –declaré.

–Sin embargo –terció Lydia–, algo hay que hacer, ¿no? ¿O crees que es mejor quedarnos sentados y esperar acontecimientos?

–No me refiero al hecho de investigar en sí. Sino a la forma de hacerlo –y dirigiéndose a mí, añadió–: Si llego a saber que ibas a comportarte como un detective de pacotilla, habría votado por otro.

La observé. ¿Por qué era tan dura conmigo? ¿Acaso porque había tenido la astucia y después la fortuna de procurarme a Lydia como ayudante? La sola idea me turbó, lo confieso. ¿Cómo convivía el ceporro de Pancho con aquella mujer de fuego? Sus ojos parecían buscar derretirme.

–Esto no es fácil –me defendió Lydia–. Aunque desde fuera lo parezca.

Mónica la observó, sin decir nada. Allí había algo, ahora no me cabía ninguna duda. Fue un momento de tensión erótica casi sublime. Ya sé que hoy día hay muchas personas que confunden el erotismo con una especie de híbrido entre la gimnasia rítmica y las técnicas de perforación petrolífera. Pero aún quedamos seres anticuados y sensibles que creemos que el cerebro es el principal órgano sexual, sin perjuicio de la necesidad fisiológica de desahogar de vez en cuando los otros para que no den la tabarra. Y al verme allí, atrapado entre la tía Lydia, tan maravillosamente pecosa y desafiante, y aquella loba, tan tortuosa y feroz, me sentí transportado al paraíso islámico. Ya saben: ese portentoso lugar en el que los muyahidines reciben su lote de huríes a cambio de dejarse matar en la *yihad*.

A duras penas conseguí salir de aquel éxtasis. Finalmente me rehíce, acordándome de algunas sopranos y ministras (que será una técnica machista e inmunda, de acuerdo, pero resulta infalible para aplacar la libido), y me propuse plantarle cara al problema que acababa de surgirme.

–Ya que estamos aquí, me gustaría preguntarte un par de cosas, Mónica.

–Oh, no –se burló–. Quieres jugar también conmigo.

–Lamento importunarte con esto, de verdad.

–Mira –me retó–. No existe ni la más mínima posibilidad de que me sonsaques algo que yo no quiera decirte. Así que mejor nos ahorramos el tiempo de los dos. No sé ni cómo ni por qué lo mataron. Lo único que puede interesarte de mí, y no te lo voy a contar porque me apetezca, sino para que no lo sepas por otro y creas que te lo oculté, es cierto detalle de mi vida privada que tiene que ver con un miembro del grupo. Aunque me pese.

–Ciertamente has conseguido interesarme, Mónica –admití.

–Durante un par de meses, hace algunos años, estuve acostándome con alguien –reveló–. Sólo por vicio, yo nunca me enamoro.

–No sé si puedo preguntar quién era el afortunado –dudé.

Entonces, Mónica me taladró con las brasas de sus ojos y dijo:

–El gran Bruno Pezzi, quién si no.

Opciones desechadas:

1. Ignacio, precisamente.
2. Gonzalo, ya ves tú.

4. Hapokalipsis

La tía Lydia, convertida para la ocasión en la esfinge pecosa más gélida que vieron los siglos, miró a Mónica sin que se le descompusiera en lo más mínimo el semblante. Como si la otra acabara de revelar una aventura con Bugs Bunny o con el Pato Donald, y no con su legítimo esposo.

–¿Quieres confesar alguna cosa más? –preguntó, distante.

–No te lo tomes así –repuso Mónica–. No estabais aún casados.

–Si Mónica no tiene nada más que contarnos, me parece que deberíamos continuar con nuestra tarea, ¿no crees? –me urgió Lydia.

–Me temo que sí –admití, con desgana.

Aquella situación era tensa y peligrosa, pero excitante como no preveía que fuera a serlo el interrogatorio de, pongamos, Heather o Pancho, que ahora aparecían en perspectiva.

–Yo seguiré cuidando de la chica –dijo Mónica.

–Si te viene a la memoria algún otro detalle que pueda ayudarnos, espero que nos lo contarás –advertí, tratando de sonar como un tipo duro.

–No sé lo que haré. La verdad, creí que eras otra cosa –sentenció Mónica, despectiva, y se metió de nuevo en la habitación.

Me habría venido bien que Lydia dijera algo, que estaba de mi lado, que Mónica no era más que una arpía, cualquier mentira piadosa. Pero emprendió en silencio el camino de vuelta hacia el comedor y me vi obligado a seguirla con una mala sensación. Por mucho que te digas y te repitas que estás haciendo algo que en el fondo te la trae floja, y por mucho que renuncies a los vanos laureles de este mundo, siempre es molesto que te menosprecien, y sobre todo, nunca deja de fastidiarte que los acontecimientos se encarguen de marcarte el camino, en lugar de dictar tú el curso de ellos.

Debió acometerme, al calor de este pensamiento, un súbito ataque de protagonismo, porque sólo a la luz de esa ignominiosa hipótesis puedo explicar, que no justificar, la extravagante manera en que me comporté al llegar al salón contiguo al comedor. Estaban allí todos los invitados, que tras el café se daban, con un entusiasmo sin duda avivado por la inquietud, a una unánime actividad libatoria. El que no tenía en la mano un coñac tenía un whisky, y alguna de las mujeres le pegaba con furia a uno de esos pacharanes capaces de convertir a la más circunspecta juez de instrucción en gogó de discoteca. También estaba allí Bruno Pezzi, pero él no bebía.

–Quisiera pedirte un favor –le dije, nada más entrar, en voz lo bastante alta como para que lo oyeran todos.

Pezzi sólo alzó las cejas.

–Necesitamos un cuarto para los interrogatorios. Si puede ser tranquilo y no demasiado lejos de este salón, mejor.

–Anda –exclamó Carolina, con voz un poco pastosa–. Aquí el teniente Colombo ya domina la jerga policial. Estamos salvados.

–¿Interrogatorios? –protestó Gonzalo–. ¿Qué quiere decir con eso? No se confunda, joven. Nadie le ha dado autoridad sobre los demás.

–Quiero decir –respondí, midiendo las palabras– que malamente puedo formarme una idea del asunto sin hacerle unas cuantas preguntas a cada una de las personas que se encuentran en esta habitación. No lo llame interrogatorio, si le molesta. Sólo le recuerdo que yo no elegí hacer esto que estoy haciendo. Si han dejado de considerarlo oportuno o necesario, me sirvo un whisky y me siento aquí con ustedes a esperar lo que haya de venir.

Mi velada alusión a la fatalidad tuvo el efecto benéfico de imponer un agradable y completo silencio. Al fin, una voz armoniosa, decidida, que sólo sonaba en momentos señalados, se alzó al fondo del salón.

–Antes nombramos a Ismael nuestro detective. Así que déjense de joder. Que haga lo que tenga que hacer y a colaborar todos.

Me conmovió, la irrupción de Yuri. Aumentó, claro está, la simpatía que tenía por él, y acalló de un plumazo toda resistencia. Nadie osó contradecirle. Aprovechando el instante, Bruno Pezzi me dijo:

–Puedes usar mi despacho. Esa puerta de ahí.

–Muy bien –asentí–. Por favor, Lydia.

Mi ayudante me precedió hasta la puerta que su marido acababa de señalar. La abrió y entró en la habitación, llena de estantes y muy sencillamente decorada. Yo me detuve en el umbral y me volví hacia la expectante concurrencia. Philip, quizá para relajar el ambiente, preguntó:

–Y ahora, ¿cómo va a llamarnos? ¿Por orden alfabético?

Los recorrí a todos con la mirada, deteniéndome una décima de segundo en cada uno, tratando de adivinar sus pensamientos. Imaginé qué podía ser lo que menos esperaban oír, y eso fue lo que dije:

–El orden es seguramente lo de menos. Pero ya que estamos, quizá lo más indicado sea comenzar por el anfitrión.

Tuve que hacer un esfuerzo para sostener la mirada de Bruno Pezzi. Y eso que no había en ella recriminación alguna. Pero sabía que los demás estaban pendientes de mí, y no quería dar la menor impresión de flaquear. De pronto, sentía una estúpida necesidad de afirmarme, de descolocar a Carolina y a los reticentes, de echarle un pulso al propio Pezzi, incluso. Ahora que lo escribo y lo recuerdo, no encuentro ninguna razón por la que pudiera considerarse que mi conducta obedecía a alguna lógica. Pero así fue.

Pezzi se levantó de la butaca en la que estaba sentado y vino hacia mí. Le dejé entrar y luego pasé yo. Cerré la puerta a mi espalda. Lydia estaba de pie junto a un estante, observando a su marido. Pezzi aguardaba, con una insospechada docilidad. Fue Lydia la que habló primero:

–Quizá no debería estar yo delante, en este interrogatorio.

Pensé deprisa. De entrada, parecía una sugerencia razonable.

–Al contrario –improvisé–. Creo que tu presencia puede ayudar. Y además, hay suficiente confianza entre vosotros, ¿no?

Admito que me hizo vacilar un poco la forma en que Pezzi me observó al oír estas últimas palabras. Pero había que seguir adelante, sin arredrarse. Fuera cual fuera el motivo, aquella tarde había elegido actuar como si creyera en la investigación. Eché mano de una reserva de audacia y dije:

–Mejor nos sentamos, ¿no?

Pezzi tomó asiento en una de las sillas de cortesía. Lydia ocupó la otra, lo que me obligó a mí a sentarme en el sillón que había tras la mesa. Mientras lo hacía, traté de poner en orden mi cerebro. El corazón me bombeaba en el pecho con mayor velocidad de la que habría deseado.

–Creo que es mejor empezar diciéndote que acaban de contarnos una cosa. –Cogí el toro por los cuernos–. Algo sobre ti y un huésped.

Pezzi volvió a alzar las cejas.

–No sé si tiene alguna importancia o no, pero es un poco delicado –dije.

–¿Se supone que debo ser capaz de adivinar de qué se trata?

En el tono de Pezzi, al formular aquella pregunta, se había deslizado un leve pero ostensible matiz de impaciencia. Noté que estaba jugando con fuego, y la rápida mirada que crucé con Lydia me lo confirmó.

–Se trata de Mónica –le desvelé.

–Mónica –repitió–. ¿Qué pasa con ella?

Tomé aire. Procurando mantener el aplomo, dije:

–Voy a preguntarte respecto de Mónica lo mismo que te preguntaré luego respecto de los demás. ¿Qué relación tienes o has tenido con ella?

Pezzi se tomó su tiempo. Lydia nos miró alternativamente a uno y a otro, hasta que se quedó fija en él. Me sentí satisfecho. Me estaba comportando como un detective bastante solvente, si no me cegaba el amor propio.

–Respuesta obvia: es la mujer de Pancho, que me lleva algunas inversiones –declaró Pezzi, con voz neutra–. Respuesta completa: hace varios años, cuando la conocí, me tentó, comprobé que la podía tener y la tuve. Una docena de veces, quince tal vez. Nunca he contado esas cosas.

Busqué a Lydia. Parecía tan impasible como su marido.

–¿Tiene esto algo que ver con la investigación? –preguntó Pezzi.

–No lo sé –respondí–. ¿Se conocían Ignacio y Mónica?

–No, que yo sepa.

Que yo supiera, tampoco. Me acordaba del encuentro de ambos en el aeropuerto de Estocolmo, para nada el de dos personas que hubieran estado relacionadas antes, salvo que lo hubieran disimulado muy bien.

–Bueno, y ya que estamos, ¿qué me dices de Ignacio?

Pezzi frunció el ceño.

–¿Cómo que qué te digo?

–¿Qué relación tenías con él, hasta ayer?

–Si te lo cuento es sólo para que tú lo sepas –avisó–. No lo vayas pregonando por ahí, y mucho menos se lo cantes a los que están afuera. Tengo un paquete importante de acciones del banco de Ignacio. Discretamente, con las prevenciones suficientes para impedir que se sepa que lo tengo. Ignacio era mi apuesta para reemplazar al presidente actual. Y no sé si estás bien o mal informado de estos asuntos, pero la cosa iba por buen camino.

Arrugué la frente, como los intelectuales cuando les interrogan sobre el sentido profundo de su obra y se ven forzados a inventar algo a toda prisa para encubrir el vacío que hallan como respuesta espontánea.

–¿Debo entender que no tenías ningún interés en su muerte? –aventuré.

–Claro que no. Su muerte me ha hecho la puñeta, en varios sentidos.

Acto seguido, le fui preguntando a mi tío, el flemático Bruno Pezzi, por todos y cada uno de sus invitados. Y él me fue diciendo, sin oponer la menor resistencia, qué era lo que le unía a cada uno de ellos. Se me permitirá que lo resuma a continuación, por no contagiar a mi relato el carácter inevitablemente repetitivo que tuvo aquel ejercicio. Creo en el realismo literario, pero no hasta el extremo de hacerle perder la paciencia al lector.

Se me confió, primeramente, que Bruno Pezzi también era accionista invisible del grupo de medios de comunicación de Gonzalo, aunque con un porcentaje de participación inferior al de éste, lo que quizá explicaba que en algún momento el viudo empresario le hubiera plantado cara y hasta se hubiera permitido alzarle la voz. Supe, por otro lado, que Philip, el director del diario económico internacional, estaba a sueldo de Pezzi y hacía la doble labor de pasarle información y desinformar sobre sus negocios, de forma que el gran hombre siguiera siendo un enigma para el público. Heather sólo era la mujer de Philip; Pezzi apenas la conocía y no parecía tener especiales deseos de aumentar su intimidad con ella. En cuanto a Raúl, el laureado y laureable escritor latinoamericano, era o había sido uno de sus autores favoritos, y al módico precio de encargarle unas pamplinas que sirvieran de texto a unos suntuosos catálogos de arte, remuneradas con una suma enorme para el escritor e insignificante para Pezzi, lo había atraído y se había ganado su calurosa amistad. Los plumíferos, desde Cervantes, siempre han adulado de forma servil a los poderosos, sobre todo a aquellos en cuya faltriquera huelen un agujero por el que pueda caerles algún doblón; y a los poderosos, por su parte, siempre les han distraído los plumíferos y el tintineo de su palabrería, Dios sabe por qué. Pero Pezzi, tras intimar con Raúl y gozar del privilegio de su letrada conversación, no parecía demasiado contento de la inversión realizada. Quizá, entre otras razones, porque había traído aparejada a Carolina, con quien Pezzi no admitió tener otro vínculo que el ardor de estómago que le provocaba su verborrea resentida. Me pregunté por qué había invitado al matrimonio, entonces, pero no lo hice en voz alta.

El arte, que le había servido para enganchar a Raúl, era también el lazo que mantenía con Kurt. El profesor alemán era quien se encargaba de certificarle la autenticidad de las piezas que Pezzi adquiría, no siempre en los circuitos comerciales ortodoxos, si es que existe alguno que lo sea. Apiadándose de mi pobre inteligencia, me puso un gráfico ejemplo:

–Ese cuadro de ahí.

Volví la cabeza y vi un óleo no demasiado grande, cuadrado, de sesenta por sesenta, así a ojo. Mostraba tres figuras: dos femeninas, una tocando el virginal y la otra cantando; y una masculina, en el centro y de espaldas, tocando el laúd. El estilo me era familiar, pero no lo conocía.

–Es *El concierto*, de Jan Vermeer. El auténtico.

¿Un Vermeer auténtico? No podía ser. Sin ser un experto en arte, sabía que un óleo de aquel poco prolífico pintor holandés no tenía precio. ¿Cómo se las había arreglado para conseguirlo? ¿Y cómo lo tenía allí, sin medidas de seguridad? Pero lo más impactante estaba todavía por venir.

–Parece una escena inocente, ¿no? –dijo Pezzi–. Tres personas que tocan música. Pero fíjate en el cuadro colgado en la pared que hay tras los músicos. Es *La alcahueta*, de un tal Dirck van Baburen, una pintura obscena en la que una mujer ofrece los favores de otra a un repulsivo cliente. ¿Qué pretende sugerir con ello Vermeer, que nunca pintaba nada porque sí? ¿Acaso que ese tañedor de laúd es el proxeneta de las dos mujeres?

Era una interpretación plausible, y sorprendente, desde luego.

–Por esa sutileza me dieron ganas de hacerme con él. Y no fue fácil. El cuadro que ves fue robado hace años del museo Isabella Stewart Gardner, de Boston, donde todavía hoy mantienen vacío el trozo de pared que cubría.

Mi gesto debió de acreditar sobradamente mi estupor.

–No te preocupes –me tranquilizó Pezzi–. Pensaba devolverlo anónimamente un día de éstos. A veces me da por gastar el dinero en cosas así. Reparo un daño y de paso me doy un pequeño placer personal.

Aquella revelación, como bien se comprenderá, me puso difícil recobrar el hilo de mis pedestres pesquisas. Pero me obligué a hacerlo, y seguimos recorriendo el elenco de huéspedes. Supe, así, que a Yuri no lo había visto Pezzi hasta la víspera, aunque había sido él quien, sabedor de las aficiones de Kurt, y a través de persona interpuesta, había propiciado que ambos se conocieran durante unas vacaciones del profesor en Cuba. Lo mismo, o algo parecido, podía decirse de Lucía, a quien Ignacio había conocido en una fiesta madrileña organizada a distancia por Pezzi. Sabía de qué pie cojeaba el banquero y había recibido información acerca de una niña bien algo alocada y con tendencia a dejarse agasajar por hombres mayores y opulentos. Había tendido las redes y los dos peces habían caído en ellas. Con idéntica frialdad reconoció que la presencia en la isla de Paula, la modelo venezolana, obedecía a una estrategia semejante. La chica tenía contrato exclusivo con una agencia de modelos propiedad de Pezzi e iba a trabajar en una película que también producía él, a través de una de sus empresas. No podía rehusar una invitación del gran amo a unas breves vacaciones en el Báltico, aunque no conociera a Pezzi ni hubiera oído hablar de ese mar. Una vez allí, hacer que Paula trabara relación con Gonzalo, y que a éste se le ocurriera que la chica podía ser una buena forma de paliar su viudez, resultaba fácil.

He de admitir que la habilidad de mi tío para el celestinaje, que acaso explicaba la presencia de aquel cuadro en su despacho y la interpretación que me había expuesto, me dejó tan de una pieza como todo lo demás. Lydia sonreía imperceptiblemente. Nada de aquello la cogía de sorpresa.

–Veo que no apruebas mis métodos –dijo Pezzi–. Pero si lo analizas, tan sólo me esfuerzo por conseguir que mis socios estén enamorados. Con eso no perjudico a nadie. Ellos son más felices, y yo no tengo que cuidarme de que intenten conspirar contra mí. Los hombres enamorados no suelen estar en la mejor situación mental para planear malas acciones.

Recapitulé. En unos pocos minutos de conversación, había averiguado que mi tío poseía obras de arte robadas, tenía a sueldo a (o compartía negocios con) todos los huéspedes y se dedicaba a amañar las relaciones amorosas de una buena parte de ellos. Por otro lado, la muerte de Ignacio parecía haberle supuesto un contratiempo. ¿Qué más, llegados a este punto, se suponía que debía preguntarle un detective dispuesto a cumplir con su deber?

–Quisiera hacerte un par de preguntas más –mentí.

–Tú dirás.

–Hay un artefacto que, por razones de todos conocidas, tiene cierta importancia en la investigación. El teléfono móvil de Ignacio.

–Ajá.

–¿Sabías que existía ese móvil?

Pezzi sostuvo con firmeza mi mirada. Yo no pude con la suya.

–Alfonso me dijo algo, de pasada –afirmó, sereno.

–¿Qué te dijo?

–Que un huésped tenía un teléfono móvil vía satélite, y que eso podía interferir con nuestras comunicaciones. Le pregunté si la interferencia podía ser seria, y me dijo que no lo creía. A partir de ahí, me olvidé.

Imagino que Hercules Poirot habría seguido escarbando. Pero yo no soy Hercules Poirot, así que pasé a la segunda pregunta:

–Esto es lo más peliagudo, pero creo que no puedo dejar de preguntártelo. ¿Por qué y para qué nos reuniste a todos aquí?

Pezzi, por una vez, bajó los ojos. Al cabo de un segundo, murmuró:

–¿Sabes, Ismael, qué es lo peor que le puede pasar a un hombre?

Ahí me pilló, no puedo negarlo. Apenas farfullé:

–Morirse, supongo.

Pezzi meneó la cabeza.

–No, la muerte no es algo que te pase. Está ahí, como el color de la piel o el de los ojos. Vas a morir, es inevitable, y cuando suceda tú ya no estarás. Ojalá todo resultara tan sencillo y tan limpio. Lo peor que le puede ocurrir a un hombre, Ismael, es conseguir todo lo que ambicionan sus semejantes.

Aguardé, cautelosamente. ¿Adónde quería ir a parar?

–Es imposible colmar tus propias aspiraciones –continuó–. Todos sabemos cuál era nuestro ideal, y que nuestros logros siempre quedan muy por debajo. Sólo los imbéciles creen otra cosa, y por eso se permiten dar consejos al prójimo. No falla, así es como siempre podrás pillar a un imbécil: dando un consejo. Lo que sí está a nuestro alcance, por el contrario, es conseguir lo que quieren los demás. Puedes hacerte con la mujer que sueña otro, aunque nunca llegarás a sentir que posees a la que tú soñabas.

Miré de reojo a Lydia. Escuchaba, impertérrita. Era más que notable la capacidad que tenía de reprimir sus emociones. Pezzi prosiguió:

–Eso me ha pasado a mí. Tengo todo lo que muchos sueñan, el dinero, el poder y la posibilidad de vivir donde me dé la gana y como me dé la gana. Sin embargo, cada mañana, cuando me levanto y me miro en el espejo, veo a un pobre hombre que zozobra y se derrumba. Sé que todo es una filfa, un espejismo que sólo puede deslumbrar a otro. Porque yo no buscaba esto, naturalmente. Siempre es otra cosa, lo que buscabas. Por eso vivo oculto, para no sostener ante nadie una ficción estúpida. Pero de vez en cuando echo de menos el trato con los demás; me siento solo, y la soledad es dañina para el cerebro. Así que invito a alguna gente, para ver otras caras, oír otras voces. Escojo personas banales y a las que tengo bajo control. Prefiero huéspedes banales por comodidad: no me apetece reflexionar sobre la existencia, porque sé que la existencia es un pastel de mierda con una pizca de dulce que hay que comerse, y a eso no hay vuelta que darle. Y busco que sean controlables por simple seguridad. No para mí, acepto el dolor y la muerte. Sino para ella, que es joven y merece gozar de la vida.

Aquí una mirada tierna inundó los ojos de Lydia. Y yo me sentí capaz de apostar que él la amaba, porque no le ocultaba su amarga verdad.

–Lo que parece claro –concluyó Pezzi– es que esta vez me he equivocado. Con alguien me he confiado de más. Y lo que me revienta, por encima de todo, es que no consigo imaginar de quién se trata.

Puede servir para que el lector me despache como un investigador blandorro y sentimental, pero diré que en este punto, mientras veía a Lydia tomar la mano de su marido, resolví dar por terminado el interrogatorio de Bruno Pezzi. Por primera vez desde que le conocía, mi corazón albergaba un vago afecto hacia él. Y yo al corazón tengo el hábito de obedecerle.

El regreso del anfitrión al salón donde aguardaban los huéspedes fue acogido con curiosidad y un compacto silencio. Poco después, Lydia, siguiendo mis instrucciones, se asomó al umbral y llamó a la primera víctima:

–Carolina.

Se comprenderá que no quisiera tener que enfrentarme a ella al final, con todo el cansancio acumulado. Pero a veces la gente te sorprende. Esperaba que protestara, que me hiciera objeto de sus mofas y de su insolencia. Y sin embargo, entró en la habitación titubeante y disminuida. Hay personas así, hábiles y contumaces agitadoras de masas, que sin embargo resultan flojas e ineptas en el cuerpo a cuerpo. Desde el principio busqué sus ojos miopes, y pude comprobar con una negra satisfacción que sentía cierto complejo a causa de ellos, porque no paró de rehuir mi mirada. Con esa ventaja, el interrogatorio fue coser y cantar. Sólo al final se permitió un breve episodio de autoafirmación, cuando, como era inevitable, le pregunté por el teléfono móvil vía satélite de Ignacio. Alzó la mirada (por cierto que no tenía los ojos nada feos, grises y asombrosamente limpios) y aseguró:

–Si hubiese visto antes ese teléfono, habría ido a buscarlo cuando nos dijeron que estábamos incomunicados. Sin perder un segundo.

Cuando la vi salir, saqué tres conclusiones. Una, que su dureza en sociedad era una forma aparatosa de tapar su fragilidad interior. Dos, y se me disculpará la digresión frívola, que tenía un revolcón pasable y podía comprenderse, pese a todo, el desliz del insigne novelista. Y tres, que sólo un parapsicólogo flipado con ácido podría creerla responsable del crimen.

Fuimos llamando al resto de los invitados. A todos ellos les hice las mismas preguntas. Qué relación tenían con Pezzi. Si conocían a Ignacio y si sospechaban por qué alguien podía desear su muerte. Qué habían hecho y con quién habían estado la noche anterior. Y si habían visto el teléfono móvil de Ignacio antes de que Lydia lo trajera, por la mañana. Supongo que el cuestionario era mejorable, pero me parecía lo bastante decente como para dar la sensación de que no era un pardillo totalmente despistado.

La cosa se alargó sus buenas tres horas, de manera que no me extenderé en todos los detalles. A la primera pregunta, los huéspedes respondieron de forma más o menos concordante con lo que Pezzi me había dicho, aunque todos tendieron a exponerlo con menos crudeza o más oblicuamente. Gonzalo procuró dejar claro que el que mandaba en su imperio era él, y que Pezzi sólo era un inversor; Pancho, sin dejar de observar a Lydia por el rabillo del ojo, jugó a representar el papel de administrador humilde, que tan poco le iba; Raúl, abochornado por su *status* de bufón de lujo, se empeñó en una lastimosa tentativa de justificar el deber del intelectual de concienciar a los dirigentes; y la cándida Paula, por si yo pensaba mal, sostuvo una confusa cruzada en defensa de su honra. Kurt se presentó como un aséptico asesor artístico y Philip como un periodista, es decir, como alguien que a priori no debía hacerle especiales ascos a nada que pudiera aumentar su información o su influencia en la opinión pública. Los demás se limitaron a apelar a su condición de consortes, sobre todo la pobre Heather, cuyo interrogatorio me hizo sentir como Himmler torturando a un bebé judío, o peor.

A Ignacio sólo resultaron conocerle personalmente, antes de viajar a la isla, dos de los huéspedes: Pancho y Gonzalo, que según sus respectivos testimonios habían coincidido con él en reuniones más o menos multitudinarias de la comunidad de negocios madrileña. Intuí que en el caso de Gonzalo la relación había podido ser algo más intensa, pero mis intentos por sonsacarle dieron contra un muro de granito. De los demás, Raúl, Philip y Yuri admitieron saber de Ignacio por la prensa. El resto declaró no haber oído jamás hablar de él. Me sorprendió que Yuri sí y Kurt no, pero tampoco acerté a resolver cómo debía interpretar ese hecho, salvo para confirmar que Yuri no era uno de esos oligofrénicos que sólo se miran los abdominales.

Sobre los posibles móviles del asesinato de Ignacio, coseché un unánime encogimiento de hombros.

Gonzalo, por no mostrarse presa de una ignorancia absoluta, sentimiento que debía de haberle prohibido su psiquiatra, conjeturó que a un hombre como Ignacio no debían de faltarle enemigos. Y Philip, que para eso dirigía un periódico, me ilustró sobre lo convulso que estaba el sector bancario europeo con la implantación de la moneda única y sobre las mil intrigas y conspiraciones que se hallaban en marcha. Los demás se abstuvieron de proporcionarme pistas, lo que les agradecí en el alma, vistas las que me daban los que se esforzaban por parecer informados.

La pregunta más inútil de todas fue la de la coartada. Todos habían pasado la noche en sus habitaciones, durmiendo con sus respectivas parejas, excepto Paula, que podía muy bien haberse quedado abrazada a su osito de peluche, y Gonzalo, que según su orgullosa confesión, había estado leyendo un libro. Por el título, era uno de esos en los que un desaprensivo con cuatro lugares comunes mal asimilados se pone a hacer interpretaciones peregrinas y predicciones necesariamente fallidas sobre el futuro de Internet.

Más fructífera fue la pregunta del teléfono móvil. Pancho, que no podía negarme que sabía de su existencia (como Mónica), me dijo que había coincidido antes de la cena con Ignacio y que éste había recibido una llamada. Esto había sido presenciado por Gonzalo, Yuri y Kurt, que se hallaban en las inmediaciones. Luego, al preguntarles a Gonzalo y Kurt, ambos respondieron que no sabían que Ignacio tuviera un teléfono vía satélite. Yuri, en cambio, reconoció haberle visto hablando por un teléfono móvil, y haber imaginado que sería vía satélite, dada la falta de cobertura en la isla. Pero por la mañana no se había acordado hasta que lo había mencionado yo.

–Tampoco sabía si aquel teléfono era suyo o prestado –añadió, sagaz.

Los demás se declararon perfectos desconocedores de la existencia del dichoso aparato, y me parecieron sinceros. Miss Marple, en mi lugar, habría anotado en su frío cerebro: «Vigilar a Kurt y a Gonzalo». Pero yo no lo hice. La gente con la que estaba lidiando era así. Todos andaban tan pendientes de sí mismos (salvo Yuri, justo es que aquí le excluya) que no se habrían dado cuenta de que alguien se quemaba a lo bonzo a su lado. A ratos resultaban insufribles. Durante el interrogatorio, muchos se removían impacientes en el asiento, como si fuera una alteración del orden natural de las cosas el verse obligados a soportar algo que no les apetecía. Deduje que a todos ellos les faltaban unas cuantas horas de espera en un ambulatorio de la Seguridad Social atestado de pensionistas, o en los pasillos de un juzgado de instrucción infestado de chorizos. Por lo menos parecía que lo segundo iba a remediarse, para los que sobrevivieran. También deduje que casi todos ellos, y especialmente Raúl y Gonzalo, tenían orígenes pequeñoburgueses. Personalmente, prefiero tratar con el miembro más canalla de la aristocracia secular o de la verdadera burguesía, antes que con un pequeñoburgués. Los ricos de familia y los aristócratas propenden al despotismo, pero a veces se relajan y hasta pueden caer bien, en pequeñas dosis. La mezquina prepotencia de un pequeñoburgués es como un cristal blindado. Nunca bajan la guardia, siempre te están perdonando la vida y lo disimulan pésimamente. El que peor me cayó fue Raúl, a quien se le notaba demasiado la regalada infancia criolla rodeada de esclavos indios y el desprecio por cualquiera que no hubiera leído a Sterne o a Sartre. Como no he leído a Sterne ni a Sartre, ni lo pienso hacer así me despellejen, lo reconocí de inmediato como un enemigo natural. Eso no quiere decir que le hiciera creer ni por un momento que sospechaba de él. Era una hipótesis demasiado ridícula. Que Raúl estuviera implicado en una conspiración homicida me parecía tan probable como que los selenitas existieran y fueran enanos verdes con una trompetilla por nariz.

Cuando salió el último de los invitados (que resultó ser precisamente Raúl, no por afán de ser coherente con el peso real de la cultura en la sociedad contemporánea, sino porque fue el último del que me acordé), nos quedamos de nuevo solos Lydia y yo. Durante la larguísima sesión ella había permanecido al margen, como si su intervención pudiera distorsionar los resultados de mis inquisiciones. La observé, cansado y más bien dubitativo.

–Cierra la puerta, haz el favor –le rogué, porque en momentos de duda siempre es bueno impartir alguna orden para ayudar a disipar la incertidumbre.

Lydia hizo lo que le pedía, con sigilosa suavidad.

–¿Tienes ya un sospechoso? –preguntó, apenas hubo cerrado.

–He descartado a algunos –contesté.

–¿A quiénes?

–Heather, eso resulta obvio. Carolina, ahí fuera

habla demasiado, y aquí se ha mostrado tan indefensa como una mariposa cogida por las alas. Raúl, es un infeliz, un lacayo con ínfulas de príncipe. Lucía, no me entra en la cabeza. Philip, siempre se beneficiará de lo que haga otro, pero dudo que tome nunca una iniciativa. Kurt, sólo hay algo que le haga interesarse por otro ser humano, y el difunto Ignacio no lo poseía. Paula, deberían advertir en la carátula de *El rey león* que la película no está autorizada para ella.

Lydia asintió, admirada.

–Vaya, piensas y decides deprisa –observó.

–¿Por quién me habías tomado?

–No te enfades, hombre. Repasemos quiénes quedan. Gonzalo, Pancho, Yuri, Mónica. Y Bruno. Y tú y yo.

Era lista, y estaba tan rematadamente buena... Me la habría bebido de un solo sorbo. A veces los dioses se ensañan con los mortales, poniéndoles ante las narices justo aquello que mejor atestigua su magnificencia.

–Siete sospechosos –sumó, ajena a mi calentura–. Un buen número.

–Vamos a dar un paseo –dije, levantándome del sillón.

Atravesé el salón sin mirar a nadie. Sabía que Lydia venía detrás de mí, y eso era todo lo que necesitaba saber. Ni siquiera les ofrecí una explicación o una disculpa. No era imprescindible, y hay ocasiones en las que uno no está por hacer más gasto que el obligatorio. Me limité a anunciarles:

–Estaremos de vuelta para la cena.

Me llevé a Lydia fuera de la casa, caminamos hasta el mirador, y allí, bajo el gris y parsimonioso atardecer báltico, le dije:

–Ahora te haré las mismas preguntas que a los otros.

–Me parece justo –se sometió.

–¿Cómo conociste a Bruno Pezzi?

–En un estreno, en Estocolmo. Le gusté, me gustó, salimos durante dos meses, nos casamos. Por si te interesa lo que les suele interesar a todos, no heredaré su imperio, pero ya me ha regalado más riquezas de las que seré capaz de gastar durante el resto de mi vida. Podría abandonarle mañana mismo, si quisiera, sin ningún temor por mi futuro.

–¿Habías visto antes a Ignacio?

–Sí. No era la primera vez que venía a la isla.

–¿Por qué crees que le mataron?

–Ni idea.

–¿Qué hiciste anoche?

–Dormir a pierna suelta. Las fiestas me cansan mucho.

–¿Sabías del teléfono móvil de Ignacio?

–Sí. Oí a Alfonso mencionárselo a mi marido.

El viento barría su cara y alborotaba su hermosa melena oscura. Su boca entreabierta y sus ojos entrecerrados me invitaban a perder la cabeza.

–Ahora pregúntame tú a mí –le pedí.

–No hace falta. Me fío de ti.

–Está bien, lo diré sin que me lo preguntes.

Iba a hacerlo, punto por punto. Pero una mano pecosa se plantó sobre mis labios y me lo impidió con una presión inapelable.

–He dicho que me fío de ti –insistió.

No diré que posea una experiencia abrumadora en mujeres. Digamos que debe de ser inferior a la de George Clooney y superior a la de Rock Hudson. Pero tengo la suficiente como para adivinar cuándo una tía va a dejarse besar. Y habría sido exigirme una abnegación y un ascetismo de los que carezco esperar que dejara de aprovechar la oportunidad de posar mis puercos labios pecadores sobre aquel cutis moteado que olía a esencia del paraíso.

Tía Lydia no sólo se dejó, sino que me correspondió algo más que amablemente, hasta hacerme experimentar un fundado temor ante la posibilidad de que alguien nos viera enlazados de aquella guisa. Pero acepté las consecuencias, y sólo me separé de ella cuando me instó a hacerlo.

–No debemos empezar estas cosas donde no podamos terminarlas –dijo.

–Tienes razón.

–Sólo espero que no te equivoques.

–Sobre qué.

–Quiero a Bruno. No soy una putilla codiciosa de dinero.

–Líbreme Dios de pensar semejante cosa –me defendí.

–Sé que he sido afortunada –explicó–. Los hombres me desean y tengo más cabeza que la mayoría de ellos. Para una mujer, ésa es una combinación mortífera, en este mundo. He procurado jugar bien mi suerte, ya que la tengo, y buscar lo mejor. Lo mejor es Bruno, y no pienso traicionarle.

Aquí debió de traicionarme a mí el gesto. Lydia aclaró:

–Bruno sabe que esto no es traicionarle. Ni esto, ni lo que podamos hacer tú y yo cuando la ocasión sea más propicia.

Miró su reloj.

–No falta mucho para la cena. Quisiera ducharme y cambiarme.

Echó a andar hacia la casa. Decir que fui tras ella sería demasiado airoso. Me arrastré tras ella, como un gusano babeante.

También yo me di una ducha (fría, claro), y me arreglé un poco para la cena. Aunque la ropa que uno se ponga rara vez consigue aumentar su poder de seducción natural, y aunque me consta que la Providencia me dio de ese poder una ración aceptable, quizá para compensar mi pobreza como metafísico, en ocasiones uno se deja llevar sin más por la costumbre establecida. Y como siempre da un no sé qué de buen humor obedecer las leyes del rebaño (quizá sea un efecto secundario de la educación borreguil que todos recibimos en la escuela), aquella noche entré silbando y hecho un brazo de mar en el comedor, con mi flequillo bien peinado y mi camisa limpia. Lo que allí encontré fue a un montón de gente aquejada de palidez cadavérica.

–¿Qué pasa? –pregunté.

Estaban todos, menos Bruno, Lydia, Mónica y Lucía. Gonzalo se destacó del grupo y me trajo, sujetándola entre índice y pulgar como si fuera un paquete bomba, una cuartilla manuscrita en letra de molde.

Leí aquel texto, que transcribo tal cual:

ESTO ES EL HAPOKALIPSIS, KAPUYOS. POR KÉ, POR KÉ, SO TONTAINAS, DIOS HOMNIPOTENTE NO NECESITA UN POR KÉ. NACHITO KAYÓ (Y KALLÓ) POR ESTAR DONDE NO DEVÍA KUANDO NO DEVÍA. EL HÁNJEL ESTERMINADOR NO TENÍA MÁS RAZONES PARA ESTERMINARLO KE PARA ESTERMINAR A KUALQUIER OTRO. Y ASÍ SEGUIRÁ LA KOSA, AMÉN. Y POR FABOR DEJAD KE ME PERSIGA ESE DETEKTIBE BUESTRO KE NO BE NI LAS MOÑIGAS KE PISA. EL MÓBIL, EL MÓBIL, KAPUYO. NACHITO LO TENÍA ENZIMA. KITÉ LA TARJETA Y LO DEBOLBÍ A SU KUARTO. KÉ DULZE DORMÍA LA TETUDITA LUZÍA. ME KOSTÓ KONTENERME. KONTINUARÁ...

–¿Y bien? ¿Qué conclusiones saca de esto nuestro investigador particular? –me requirió Gonzalo, con evidente ironía.

–Las faltas de ortografía son fingidas –dije–. No falla ni un solo acento.

–Joder, hasta ahí ya habíamos llegado –apuntó Raúl.

Busqué la mirada del hombre de letras. ¿Qué quería, exhibir su autoridad lingüística? Al tropezarse con los míos, apartó sus ojos.

–¿Qué más da si las faltas de ortografía las hizo adrede o no? –protestó Paula, desencajada–. Estamos en manos de un psicópata.

Me llamó la atención que Paula decidiera intervenir. Traté de imaginar cuál debía de ser su idea de lo que era un psicópata. Posiblemente la hubiera adquirido comiendo palomitas delante de alguna de las películas de la saga de *Scream*. Me parecía cada vez más entrañable, la bella caribeña.

–Mírenlo por el lado bueno –propuso Philip–. Ahora tenemos una pista nueva. La caligrafía del asesino.

–Oh, por favor, está claramente deformada –juzgó Carolina.

–*What does she say?* –preguntó Heather, confundida.

–Ssiemprre es possible hacerr una prrueba caligrráfica, aunque sse deforrme la letrra –informó Kurt, que debía de saber del asunto por su experiencia como certificador de obras de arte.

–¿Podría hacerla usted mismo? –dijo al vuelo Pancho.

–Oh, no. Ssólo digo que puede hacerrsse, con un perrito calígrrafo.

–Me parece que no tenemos ningún perrito por aquí, ni calígrafo ni de ninguna otra clase –se burló Gonzalo.

–No veo que sea momento para chistecitos –gruñó Carolina–. Maldita sea, un loco anda suelto, y parece dispuesto a acabar con todos.

Philip, con británica impasibilidad, le tradujo esta frase a Heather.

–*Oh, my God!* –exclamó la aprensiva pelirroja.

En ese momento, en el que el caos pareció adueñarse de la sala y yo buscaba en vano alguna disposición práctica que pudiera tomarse (aparte de la que me pedía el cuerpo, y que no era otra que presentar mi dimisión), aparecieron en el comedor Pezzi y Lydia, precedidos por Alfonso. Traía éste un par de candelabros cuya necesidad, ante la falta de luz eléctrica, empezaba a hacerse patente. Mientras su factótum, imperturbable, colocaba y encendía los candelabros, Pezzi tomó la cuartilla, que al punto le tendí, y la leyó en silencio. Lydia (espléndida, por cierto, en un escotado vestido morado que revelaba gran parte de su espalda) se irguió sobre el hombro de su marido para leer también el mensaje del desalmado traidor.

–¿Dónde estaba esto? –preguntó el anfitrión, acabada la lectura.

–Sobre la chimenea –dijo Gonzalo–. Lo descubrí hace diez minutos.

–Hijo de la gran puta –murmuró Pezzi.

No fue una cena distendida. Los sirvientes fueron trayendo los platos y los comensales fuimos devorando su contenido a la luz de las velas, sin que nadie sintiera grandes deseos de hablar. Parecía, por la oscuridad del ambiente, la blancura mortal de las damas y la lúgubre solemnidad del acto, una reunión en el castillo del conde Drácula. Fantaseaba yo irresponsablemente, por evadirme, con la imagen de la tía Lydia levantándose de pronto a morderme en el cuello, desde luego con mi avenencia, cuando el conde, quiero decir, mi tío, rompió su obstinado mutismo para preguntarme:

–Bien, y visto el panorama, ¿qué podemos esperar de la investigación?

Estuve a punto de atragantarme con un sorbo del más que potable borgoña que nos habían escanciado, y al que le estaba tirando con bastantes ganas, todo hay que decirlo. Los vapores etílicos me hicieron sincerarme:

–No creo estar en condiciones de prometer nada. Y menos aún si hay que creer al que escribió ese papel. Si resulta que mataron a Ignacio como pudieron matar a cualquier otro, todo se vuelve demasiado difícil.

–¿El detective se rinde? –preguntó Gonzalo.

–No –respondí, sin mucha convicción–. Podemos hacer lo que dijo Kurt. Que todos copien una frase del mensaje, y comparamos la letra.

–¿Y si eso no da resultado? –cuestionó Pancho.

–Está claro –afirmó una voz femenina, aterciopelada, serena, turbadora–. Habrá que esperar al próximo movimiento del asesino, y tratar de interpretarlo con la información que hemos reunido hasta aquí.

Miré a Lydia, arrobado. Aquel *hemos* se refería sólo a nosotros, a ella y a mí. Y era ella la que proclamaba ante los demás nuestra complicidad, de la que ellos quedaban irremediablemente excluidos. Pudo ser el borgoña, pero sentí que a todos los varones presentes los corroía la envidia.

Después de la cena hicimos unas pruebas caligráficas. A pesar de la expectación que despertaron (alguno, con los nervios, llegó a imitar la letra que copiaba, con el consiguiente riesgo de inculpación), se demostraron del todo estériles, al menos a los ojos que las juzgaron, que fueron los míos y los de Lydia. Ella apuntó, antes de empezar, que la K, no siendo una letra usual, podría resultar la más reveladora. Pero no nos reveló nada.

Después de eso, aún permanecimos durante un rato en el salón. Hubo un breve debate acerca de lo que procedía hacer a partir de ahí. Pancho sugirió que se me destituyera como detective, a la vista de mis escasos resultados, moción que no juzgué necesario objetar. Aunque Pancho era un cretino, lo que probaba por medios diversos, entre ellos la manía de seguir mirando el reloj como si pudiera llegar tarde a algo, en aquella ocasión estaba cargado de razón y faltó poco para que le apoyara. Los demás respondieron con un murmullo confuso, que interpreté en los términos siguientes: «Está claro que nuestro detective es una calamidad y que el asesino se ha reído de él, pero en realidad no hay nada que podamos hacer contra esta situación, y si lo destituimos, nos vemos obligados a buscar una alternativa y a reconocer que no tenemos ninguna». De ello podía concluirse que se me concedía una prórroga indefinida y que se venía a aceptar la propuesta de Lydia, esperar al próximo paso del malvado. No me opuse. Tenía demasiado sueño.

Cuando Pezzi, bastante apagado durante toda la reunión, se levantó de su asiento y nos dio las buenas noches, los invitados se dispusieron también a desfilar hacia sus aposentos. Hubo un momento cómico a propósito de los que dormíamos solos. Se arregló en seguida que Paula durmiera con Lucía, para acompañarse mutuamente y relevar a Mónica. Pero cuando las caras se volvieron hacia Gonzalo y hacia mí, el empresario saltó:

–Eso es una majadería. Yo no aguanto los ronquidos de nadie.

–No ronco –aseguré–. Y me lavaré los pies, si quiere.

–Que no. A mí no me da miedo dormir solo.

A mí tampoco me lo daba. Era sólo por chincharle.

Alfonso, oportuno y tranquilizador, nos informó de que había establecido un turno de guardia, con los cuatro hombres del servicio y él mismo. Siempre habría alguien despierto, atento a cualquier incidencia.

Fue el mismo Alfonso, a eso de las seis de la mañana, quien me sacó del sueño, con unos respetuosos pero enérgicos golpes en la puerta.

–¿Qué hay? –pregunté al verle, mientras me limpiaba las legañas.

–El hombre que cubría el turno de las cuatro no está en su puesto –anunció–. El señor Pezzi me ordenó que le avisara primero a usted si pasaba algo.

Muy bien, ¿y ahora qué hacía yo? ¿Acordonar la zona?

–Despierte a su gente –le pedí–. Registren ustedes la casa, mientras yo voy a echar un vistazo por la isla. Comprueben que todos están bien.

Me puse encima la bata y salí. La mañana estaba fresca, pero agradable. Al trote, para desentumecerme, fui al helipuerto, al embarcadero, al invernadero, a la pista de tenis y al mirador. No había nada anómalo en ninguna parte. Ningún cuerpo, ningún destrozo adicional. Volví a la casa.

Cuando entré, me tropecé con un auténtico hervidero. Las mujeres gritaban, los hombres juraban y golpeaban las paredes, aquello era la histeria en estado puro. Alfonso me salió al paso. Cariacontecido, me confirmó:

–Lo hemos buscado por todas partes. Ha desaparecido.

–Pues estamos buenos –dije.
–Hay algo más, señor. Esto.
Me tendió una cuartilla. La misma letra:

HAORA SÍ KE BA EN SERIO, KORDERITOS. EL HAPOKALIPSIS...

–Estaba en la chimenea, otra vez –dijo Alfonso–. Pero ahí no acaba todo. Ha desaparecido alguien más.
–¿Quién?

–El señor Gonzalo.

Opciones desechadas:

1. El señor Raúl.
2. La señora Lydia.

5. Actos de generosidad

Siempre me ha parecido, y perdonad que aquí me ponga un poco trascendente, que uno de los problemas cruciales que debe resolver el ser humano es su relación con el miedo. Es indudable, como muy bien sostenía la tía Lydia, que uno no puede dejar que el miedo le invada y se apodere de él hasta hacerle perder el dominio de sus actos. La Historia demuestra una y otra vez que ésa es la mejor manera de garantizar que sucumbiremos ante la amenaza que nos inspira temor. El soldado que al emprender el asalto se deja gobernar por el miedo a que le metan un balazo, corre menos, se resguarda peor y acaba recibiendo efectivamente el balazo que temía. Pero por otra parte, y el ajuste resulta difícil, al miedo hay que concederle el espacio suficiente para que cumpla su función preventiva, que no es otra que inducirnos a evitar conductas o actitudes que puedan aumentar nuestras probabilidades de sufrir daño. Estaba claro que Gonzalo había fallado a la hora de ajustar su miedo. Quizá si hubiera consentido en que compartiéramos dormitorio (a lo que yo no me habría opuesto, porque como ya os consta no soy de esas personas que gustan de llevar la contraria), no nos habríamos desayunado a la mañana siguiente con la noticia de su desaparición. Y además el trago no le habría resultado desagradable, porque cuando estoy en sociedad suelo portarme bien. Me habría aguantado los pedos, incluso.

En cualquier caso, carece de sentido reflexionar sobre realidades hipotéticas. Lo cierto era que Gonzalo había preferido dormir solo y que ahora ya no estaba allí. Y la consecuencia de su desaparición (la del criado sueco importaba menos, ya conocéis el percal) era que el pánico reinaba entre los invitados que quedaban en la mansión báltica de Bruno Pezzi.

Resulta cruel, y al propio tiempo humorística, la forma en que la naturaleza prescinde de los sentimientos humanos y prosigue con su implacable curso. Ajeno a la confusión y el delirio que se habían apoderado de aquella gente, un hermoso amanecer inundaba de luz los ventanales. Por primera vez desde que estábamos allí, el día no se presentaba nublado y desapacible. Tampoco era de sol y moscas, cosa inexistente en aquellas latitudes, pero no estaba nada mal. Y otra manifestación de la fuerza de la naturaleza fue la que Alfonso (que ya parecía haberme tomado por el tonto útil al que se le endosaban los marrones para que los pintara de verde) me confió a renglón seguido de anunciarme la desaparición de Gonzalo:

–La cámara frigorífica ha subido mucho de temperatura. Ayer, con las baterías de emergencia y la inercia térmica, resistió bien. Pero las baterías se han consumido y ya ha alcanzado temperatura ambiente.

Joder, *inercia térmica*. Aquel Alfonso hablaba como un ingeniero. Quizá lo fuera, en cuyo caso debía sospechar que era un hombre de certidumbres, como suelen ser los ingenieros (no tienen más remedio, por otra parte: no se puede *suponer* que el puente *tal vez aguante* el paso del tren). Sin embargo, yo no soy hombre de certidumbres, y muchas veces no sé lo que se espera de mí. Ante mi gesto indeciso, Alfonso precisó:

–La mayoría de los alimentos que tenemos son congelados, así que a partir de ahora no van a conservarse mucho. Y sobre todo, está el cadáver.

Claro, imbécil de mí, cómo había podido olvidarlo. Alfonso, por si no se me ocurría a mí solito (ya debía de sospechar que yo era un poco lerdo), descendió a exponerme la fea problemática que se nos suscitaba:

–Empezará a descomponerse. Y está donde la comida.

Después de todo, se lo agradecí. En momentos de tribulación y desconcierto, es bueno tener algo concreto que hacer. Le pedí a Alfonso que aguardara un momento y me abrí paso entre los huéspedes. No dejé de cosechar por el camino alguna lindeza de mis presuntos compañeros:

–¿Qué coño significa esto, detective?

No la vi, pero el graznido la delataba: Carolina. No se lo tuve en cuenta, siempre se necesita alguien a quien echar la culpa. Otra voz clamó:

–*This is a fucking crazy nightmare! And tell me, Philip, what the hell is doing that fucking asshole pretending to be a sleuth?*

Inconfundible, también, aunque me chocó que aquella mujer tan tímida pudiera ser tan mal hablada. Realmente había perdido los estribos. Tampoco me ofendí. Más mella, sin embargo, me hizo el tercer reproche, también femenino (los hombres son más pudorosos, o podía ser que ninguno, salvo Yuri, tenía la menor oportunidad contra mi uno ochenta y cinco en caso de enfrentamiento físico, lo que les disuadía de insultarme). Mónica estaba apartada del resto, observándolo todo con su mirada cínica y reconcentrada. Era la que se mantenía más entera, como pude comprobar cuando esa mirada se me clavó como un lanzazo y, al paso, pude escuchar:

–El juego se complica, campeón. ¿Vas a seguir mareando la perdiz?

Su entonación era tan insinuante que no supe cómo interpretar la pregunta. Y es algo que me incordia, no saber cómo interpretar lo que alguien me dice. Si es un hombre, procuro olvidarlo. Que se aclare. Pero si es una mujer, me incita. No lo puedo evitar. Pese a todo, respiré hondo, pasé de largo y avancé hacia el fondo del salón, donde estaban Lydia y Pezzi.

Les puse al corriente de nuestra nueva dificultad. Luego les pregunté dónde podría guardarse un fiambre sin peligro de que contaminara las cosas de comer y a la vez sin que las condiciones ambientales acelerasen demasiado su agusanamiento. Usé otras palabras, claro. Lydia repuso:

–En el sótano, en el cuarto de la leña. No se me ocurre otro lugar.

Me pareció bien (cualquier lugar me lo habría parecido), y a Pezzi tampoco le suscitó ninguna objeción. Hizo un gesto con la cabeza y Lydia, siempre atenta y sumisa, fue a transmitirle la instrucción a Alfonso.

–Me temo que la situación se nos pone muy cuesta arriba –dije, una vez que nos quedamos solos Pezzi y yo. Alguien tenía que decir algo, y él no parecía dispuesto a hacerlo. Mal peinado, con la cara sin lavar, ofrecía casi tan mal aspecto como el difunto Ignacio, salvo por el desarreglo facial que al banquero le había causado el proyectil que había buscado cobijo en su testa. Si seguía por ese camino, pronto íbamos a tener que alojar a mi tío en la leñera con su malogrado huésped, pensé, en una de esas veleidades que a veces tiene el cerebro y que nunca he sido capaz de reprimirle.

–Esto no va a parar –dijo al fin, lúgubre, el gran Bruno Pezzi.

–Yo que tú no compartiría ese pronóstico con el auditorio –me permití aconsejarle–. Me da la impresión de que ya están bastante histéricos.

Pezzi se volvió hacia mí y, una vez más, sin ninguna gana por cierto, hube de someterme al detenido escrutinio de sus ojos apagados.

–Dime tú, ¿qué crees que va a pasar?

La pregunta me relajó. No me disgusta hacer de futurólogo, porque todo el mundo sabe que se trata de una actividad inviable y por tanto resulta imposible, tanto moral como legalmente, que nadie te exija la menor responsabilidad por los errores que puedas cometer en tu vaticinio.

–Yo diría que, sea quien sea, quiere algo. Y que no tardará en pedirlo.

–¿Por qué?

–Si sólo buscara exterminarnos, ya lo habría hecho. Somos pocos, anárquicos y vulnerables. Salvo por mi humilde persona, has reunido aquí una compañía de gente selecta. Y la gente selecta no sabe sostener una guerra: le da pereza, le da rabia, le parece una alteración del orden tener que apretar los dientes. Por eso a las guerras mandan a los mendrugos.

Temí haberme explayado demasiado. La enigmática mirada de Pezzi subrayó inmediata e intensamente esa impresión.

De los corros de huéspedes, en los que se discutía con calor, acabó saliendo un resultado práctico. Al parecer, habían designado a un portavoz de su descontento. Y la designación no dejó de tener su interés.

–Pezzi –dijo Pancho, tragando alguna saliva. Hasta entonces, sólo se había puesto frente a su anfitrión y cliente en algún momento tumultuoso e irreflexivo–. Esto no puede seguir así, de ninguna manera. No podemos esperar mansamente a que nos vayan eliminando uno a uno como a conejos.

Pezzi no dijo nada.

–Usted es responsable de esto. Estamos en su casa, en su isla. Tiene que ofrecernos una solución. Y no que su sobrino y su esposa nos interroguen a todos como si fuéramos criminales y luego se encojan de hombros.

Pezzi siguió callado.

–Nos debe protección, Pezzi. Protección eficaz.

Parecía un cliente de El Corte Inglés protestando porque unos mocasines caros le habían hecho rozaduras, y exigiendo al dependiente que le diera unos que le sentaran bien y le permitieran andar cómodamente. «Soy titular de la tarjeta, mire cuánto gasto aquí todos los meses», le faltó decir.

–Por mi parte, renuncio aquí y ahora –dije, aprovechando el nuevo silencio con que Pezzi acogió las reivindicaciones de Pancho–. Irrevocablemente. No estoy dispuesto a seguir rompiéndome los sesos por cuenta de todos para que encima se me insulte y se me ponga en entredicho.

–Y yo renuncio con él –apostilló Lydia, altiva.

Me gustó que me acompañara en mi rendición. El hombre abatido compone un cuadro más hermoso y más épico cuando una mujer le ofrece su hombro. Y al revés: se convierte en una mierda cuando una mujer lo desprecia. El caso de Boabdil.

En los finos labios de Pezzi se dibujó una tenue sonrisa.

–Ya ves, Pancho, un problema resuelto –dijo.

Pancho boqueó un par de veces, mientras su cerebro trataba de coordinar una respuesta. Antes de que llegara a hacerlo, Pezzi añadió:

–El otro problema no te lo puedo resolver, lamentablemente. Lo sufro tanto como tú. Y tampoco sé qué hacer. Soy el dueño de la casa y de la isla, pero en este momento me temo que no soy el dueño de mi suerte. Si a vosotros se os ocurre una forma de ayudarme, y por tanto de ayudarnos a todos, tendréis mi apoyo y mi colaboración, en lo que pueda. Parece que tú, Pancho, cuentas con la confianza de los demás. Muy bien. Úsala.

Pancho no esperaba aquello. Se quedó desconcertado. Como a veces la maldad me empuja y no puedo resistir la tentación de ejercitarla, me permití ofrecerle a Pancho una traducción elemental de la última frase de mi tío, para adecuarla a la perceptible angostura de sus entendederas:

–Eres el jefe, Pancho. Tú dirás qué hacemos.

No creo que eso fuera lo que buscaba Pancho, ni mucho menos, y tampoco debía de haber previsto que su portavocía pudiera desembocar en tamaña investidura. Se volvió hacia los demás, dubitativo. Pero los miembros del rebaño, que siempre quieren que otro haga de perro ovejero, ratificaron su nombramiento por vaga y difusa aclamación. Sólo hubo una invitada que permaneció inmóvil. Y quizá fuera su gesto descreído el que acabó de decidir a Pancho, muy posiblemente en contra de lo que a él mismo le apetecía o le parecía justo. Deduje que desde hacía años su vida consistía en buena medida en afirmarse frente al desdén de su corrosiva cónyuge.

–Esto, bue... –balbuceó–. Si todo el mundo está de acuerdo en... –Aquí carraspeó, y pareció buscar un aire más decidido–. Me imagino que lo que deberíamos hacer antes de nada es asearnos y desayunar.

Un líder timorato arbitrando una medida tan incontestable como fútil, pensé. Y nada original, además. Se limitaba a imitar el estilo de Pezzi, sin contar con el auxilio de su voz grave ni de su porte severo. El comienzo de la era Pancho no hacía presagiar un luminoso porvenir. Pero todos acatamos su mandato y despejamos la sala en relativo orden.

Media hora o tres cuartos de hora después, que tampoco hay que poner la exactitud por encima de todo, los supervivientes estábamos de nuevo congregados alrededor de la mesa del comedor comunal. Conté las cabezas: éramos trece, el número fatídico. Tampoco gozaba Pancho de signos favorables al comienzo de su comprometida gestión. A eso había que unir el hecho de que la mantequilla había que comerla semiderretida, el zumo de naranja no estaba frío, y la única leche que podía tomarse era la del tetrabrik recién abierto, y no la deliciosa leche pasteurizada que aún había podido acompañar el desayuno anterior. Mis cereales, con el cambio, habían perdido mucho. Por doquier, en suma, había detalles que nos recordaban el paulatino e inexorable deterioro de las circunstancias. Otra señal, y ésta fue la que juzgué más relevante, era que Pezzi parecía haber caído en una especie de autismo. Desde su sitial, respondía con escuetos movimientos de cabeza a las consultas que en voz baja le hacía la tía Lydia, sentada junto a él.

Desde el primer momento, todos estuvimos, naturalmente, pendientes de Pancho. Su actitud fue muy esclarecedora. Durante un buen rato, no hizo otra cosa que aplicarse con gran solemnidad a aderezar y engullir su desayuno, poniendo un celo extremo en untarse las tostadas, remover el café y otras futesas. He conocido jefes así. Tipos que aprovechan tu obligación de soportarles (y de abstenerte de levantarte a partirles la cara de un guantazo) perdiendo ilimitadamente el tiempo, haciéndote sentir que dominan la situación y aparentando que su cerebro anda enfrascado en complejos procesos de los que sólo compartirán contigo, por piedad hacia tus limitaciones, la genial y diáfana conclusión. Mi experiencia de esa gente es que sus conclusiones nunca valen un pimiento, que su parsimonia es simple incapacidad de razonar deprisa y que si no aciertas a salirte de su estela acabarás despeñado. Y la primera alocución de Pancho no me hizo variar en absoluto mi concepto de la especie a la que incuestionablemente pertenecía:

–Bueno –dijo, tras apurar el último sorbo de su taza de café–. Ante todo, creo que debemos tratar de mantener una actitud positiva.

Estuve a punto de atragantarme. ¿Había dicho *una actitud positiva*?

–Pues sí que estamos buenos. Dios mío, ¿por qué me habés abandonado?

Admito que la salida de Carolina, mirando al techo y murmurando aquella plegaria mientras meneaba la cabeza, me hizo sentir simpatía por ella. Ahora que no era yo el blanco de sus ironías, me sentía mejor predispuesto a reconocerle su talento. Pancho fingió no haber oído y prosiguió:

–A ver, razonemos. Puede que Gonzalo y el criado sigan vivos. Sólo han desaparecido. Pueden estar en algún lugar de la isla.

No le dije que ya la había recorrido y que no había encontrado nada. No quise estropearle tan pronto su mensaje de optimismo.

–Por eso –propuso, muy firme–, creo que lo primero que debemos hacer es registrar minuciosamente la isla. Rastrearla palmo a palmo, hasta que podamos convencernos de que no están escondidos en alguna parte. Ellos y quienes nos están haciendo esto.

–La isla no es tan grande –recordó Lydia–. Y es plana y en su mayor parte rocosa. No veo dónde podría estar escondido nadie.

–Un momento. Hay algo de lo que ya no puede cabernos ninguna duda, a estas alturas –intervino

Yuri–. Al traidor, sea quien sea, lo ayudan desde fuera de la isla. Y debe de haber bastante gente metida en la vaina. No es fácil desembarazarse de dos hombres, vivos o muertos.

–Bien, bien –dijo Pancho, con impaciencia–. Aun así, tendremos que haber mirado antes para descartar que puedan estar aún por aquí, ¿o no?

Nadie respondió. Yuri meneó la cabeza.

–Otra cosa que debemos hacer –continuó Pancho–, es examinar el dormitorio de Gonzalo, para ver si hay algún signo de violencia.

Alfonso, desde la puerta, alzó la mano y dijo:

–Con permiso, señor. Ya lo hice yo, hace un rato. Se ve todo en orden. La cama deshecha, nada más. Incluso tiene las gafas y el libro sobre la mesilla.

–De acuerdo, lo verificaremos, de todos modos –insistió Pancho, que no parecía saber que la perseverancia en el error nunca lo remedia.

El tercer y último pilar de la estrategia de Pancho estuvo más o menos a la altura de los dos primeros. Y también resultó ser una burda imitación de las disposiciones que Pezzi había establecido el día anterior.

–Algo muy importante es que procuremos mantenernos agrupados todo el tiempo. En grupos de dos, o mejor de tres. Y observaremos esta precaución especialmente por la noche. Nadie dormirá solo hoy.

Un rumor de asentimiento se extendió por la sala, proporcionando en el acto al nuevo dirigente una indisimulable satisfacción.

–Todo eso es perder el tiempo –objetó Yuri, con energía–. Hay que intentar atraer la atención del mundo exterior, como sea, y si no se nos ocurre ninguna forma de hacerlo, ir a buscar ayuda.

–¿Buscar ayuda? ¿Cómo? –inquirió Pancho, picado.

–Construyendo una embarcación, por ejemplo.

–¿Y cómo vamos a hacer eso?

Yuri sonrió.

–No, ya sé que ustedes no van a hacer eso. No creo que ninguno sepa por dónde se coge un martillo. Pero yo lo puedo intentar.

Un encanto, Yuri. No tenía duda de cuál era mi bando.

–Tienes un problema –saltó, inesperadamente, Lydia.

–¿Cuál? –preguntó Yuri.

–En la isla no hay ni un solo árbol. Y no creo que de los restos del yate puedas sacar nada aprovechable.

–Puedo intentarlo con algún mueble –perseveró Yuri–. Tampoco necesito construir un bote, sino algo que flote y a lo que pueda agarrarme.

–No sería prudente, señor –dijo Alfonso–. Las corrientes no son de fiar. Y si se moja usted, aunque estemos en verano, existe el riesgo de hipotermia.

–Alguien tendrá que correr algún riesgo, ¿no? –protestó Yuri–. ¿O vamos a dejar que nos liquiden porque aquí nadie quiere sacrificarse?

La última frase de Yuri había puesto el dedo en la llaga. Nuestro principal problema, como comuna amenazada y náufraga, era la poca costumbre que la mayoría de sus integrantes tenía de asumir alguna penalidad, por nimia que fuera. Quien más y quien menos, todos llevaban años volando en primera, alojándose sólo en hoteles de cinco estrellas y viajando únicamente en vehículos con climatizador. Y no había ninguna tarea mínimamente desagradable o mugrienta que no tuvieran encomendada a otra persona.

–Yo opino que habría que dejar a Yuri que lleve adelante su iniciativa. Y sus empleados, señor Pezzi, podrían ayudarlo.

Nunca, hasta ese momento, la voz aflautada de Raúl me había parecido más deleznable. Mi tío ni siquiera se dignó responderle. Bajó los ojos y tomó un sorbo de su vaso de zumo, como si nada de aquello fuera con él.

Pero el que veía que su recién estrenada autoridad se resquebrajaba era Pancho. Debió de intuir que faltaba poco para que nadie le hiciera ni puñetero caso, si no actuaba pronto para impedirlo, y alzó la voz:

–Por encima de todo, no nos dispersemos y procedamos con orden. Lo primero, registrar la isla, por grupos. Y tú, Yuri, si quieres probar lo de la barca, nadie te lo va a impedir. Pero me parece una locura.

Yuri le aguantó la mirada. Pancho, no obstante, pareció contento consigo mismo tras haber decretado ante todos la insensatez del cubano.

Supongo que nadie tenía demasiada fe en aquello. Sé que yo no tenía ninguna en absoluto. Y a pesar de todo, formamos grupos y registramos la isla. Algo había que hacer para pasar el tiempo, hasta que sucediera la próxima desgracia. Pezzi, sin embargo, se quedó en la casa, con Alfonso.

Siguiendo la costumbre, y también la apetencia, formé grupo con Lydia. Vino a unírsenos alguien totalmente imprevisible.

–¿Os importa que vaya con vosotros?

–Nos sorprende, más bien –repuso Lydia.

–No veo por qué.

De pronto, Mónica no parecía Mónica. A lo mejor era por haber ascendido, si podía decirse así, a *primera dama* de la isla. En lugar de su habitual tono ácido y provocador, hablaba con una desusada dulzura. En lugar de mirarlo todo (y a todos) de arriba abajo, en sus ojos había un no sé qué soñador y afectuoso. Su propuesta de venir con Lydia y conmigo era una notoria inconveniencia, después de la escena del día anterior. Y probaba hasta qué punto podía desairar a su marido, a quien acaso habría debido acompañar. Pero mentiría si dijera que no me tentaba. Recorrer la isla entre las dos mujeres más potentes que la habitaban era un privilegio que no quise abrazar demasiado descaradamente. De modo que me hice el despistado, y como Lydia no se opuso de manera frontal, quedó formada la partida.

Otros grupos se dirigieron al helipuerto, al embarcadero y al mirador. Nosotros tomamos el rumbo del invernadero. Ninguno de los tres hacía como que registraba mucho. No teniendo a Pancho cerca, carecía de sentido.

–Hace un día precioso –observó Mónica.

–Sí. Lástima que nos estén matando –dijo Lydia.

–Pobre Gonzalo –se quejó Mónica–. Concédele una oportunidad.

–Veo que eres una buena esposa. Secundas como

debes a tu marido –declaró Lydia, sin ocultar la mala leche con que lo decía.

–¿Acaso crees que está muerto, Gonzalo?

–No creo nada. Qué más da lo que yo crea, además.

–Veo que no habéis tomado demasiado deportivamente vuestra destitución. Os divertía apretar las tuercas a los sospechosos, ¿eh?

–Te equivocas –metí baza–. Hemos dimitido.

–Muy a tiempo –se rió.

–Ahora todo va a arreglarse –dijo Lydia–. Pancho va a encontrar una trampilla en el helipuerto que da acceso a una prisión subterránea custodiada por *cyborgs*. Los va a destruir a todos con su rayo láser y va a traer de vuelta a los prisioneros. Quizá pueda incluso resucitar a Ignacio.

–Claro que no –observó Mónica–. Pancho no es más que un capullo.

–¿Por qué te casaste entonces con él? –preguntó Lydia.

–Por eso mismo. Y te lo recomiendo. Te confundiste cuando tomaste la decisión de casarte con alguien con tanta personalidad como Pezzi.

–Permíteme que no te tome como ejemplo.

Me ponía a cien verlas discutir, y no oculto que casi sentía deseos de atizar el fuego, para seguir disfrutando del espectáculo. Sin embargo, interpreté que mi deber de único varón me exigía adoptar un papel conciliador:

–Supongo que no se puede esperar que seáis buenas amigas, pero tampoco ganáis nada peleándoos.

Las dos se volvieron hacia mí al unísono. En el semblante de ambas había un gesto idéntico. Durante una fracción de segundo pensé: «las tengo en el bote». Luego me fijé mejor y vi que era simple conmiseración.

–Está bien, haced lo que os dé la gana –dije, y me adelanté unos pasos.

Es una de las cosas más heroicas que puedes hacer, dar la espalda a una mujer que te interesa. Y si encima son dos, casi equivale a darle la espalda a un miura con el cerebro nublado de sangre. Por eso me sentí bien, mientras caminaba hacia el invernadero con los ojos de las dos clavados atrás.

–Ismael, espera.

Me detuve. Aguardé a que llegaran a mi altura.

–Perdona, pequeño –susurró la nueva voz de Mónica, mientras su mano me acariciaba lentamente la nuca–. Tienes razón. Me morderé la lengua.

En ese momento, sentí que la elección estaba más difícil que nunca. Veía a Lydia, resplandeciente en aquella mañana pletórica de luz. El ceño la embellecía, así como a otras mujeres las afea. Y veía a Mónica, un cuerpo meticulosamente recauchutado por la cirugía bajo el que se guarecía una mujer de armas tomar. Se me dirá que lo fresco y natural siempre es preferible. Pero en materia sexual las perversiones tienen su peso, y la opción Mónica me parecía indudablemente más pervertida que la opción Lydia.

Por fortuna, poco después llegamos al invernadero, donde podría evadirme momentáneamente de mi dilema observando las plantas. No estaba nada mal, el invernadero de Pezzi. Gracias a una buena climatización y una meticulosa humidificación, tenía incluso especies tropicales. Me pregunté cuánto resistirían, después de que la falta de corriente hubiera dejado inutilizados ambos sistemas. Nos desplegamos entre las plantas. Yo fui por el centro. Mirando a un lado y a otro, veía el fino perfil de Lydia apareciendo y desapareciendo entre las hojas, o el rostro de Mónica, avieso y abstraído.

–Esto es una tontería –dijo Lydia–. ¿Qué espera que encontremos?

Peinamos todo el lugar. No nos tropezamos con ningún cuerpo, ni rastros de sangre, ni casquillos, ni el menor indicio de crimen alguno. Pero algo sí que encontramos. Fue Mónica la que dio la voz de alarma:

–Eh, venid aquí.

Me acerqué raudo. Lydia vino con más desgana. Los tres nos quedamos durante un rato contemplándolo. Tan inofensivo, tan amenazador.

Al fin, asumí como carga inherente a la masculinidad, aunque no requiriera demasiada fuerza física, arrancar aquel papel del cristal al que lo habían fijado con cinta adhesiva. Leímos los tres a la vez:

ENORAVUENA, KAPUYOS. LO AVÉIS ENKONTRADO Y ASÍ LLA NO TENGO KE PONERLO DENTRO DE LA KASA. ME DA TANTÍSIMA PEREZA ESPERAR A KE OS DESKUIDÉIS, AUNKE ME RESULTE TAN FÁZIL... HAORA LLA SAVÉIS KE ESTO NO BA DE VROMA. GONZALO KRELLÓ KE IVA DE VROMA Y SE A ARREPENTIDO. LO SIENTO POR EL BIGILANTE, PERO SI ME PONÉIS OVSTÁKULOS LOS TENGO KE PULBERIZAR. VUENO, A LO PRÁKTIKO. KIERO

ESTA MISMA TARDE, EN ESTE MISMO SITIO, ANTES DE LAS SIETE, UNA VOLSA KON TODAS LAS TARGETAS DE KRÉDITO Y KON TODAS LAS KLAVES DE KADA UNO. ¿KE AKÍ NO AY KAGEROS? KAPUYOS, DIOS HOMNIPOTENTE TIENE KAGEROS DONDE LE SALE DE LOS KOJONES. TAMVIÉN ME A DICHO UN PAJARITO KE ALGUNOS TENÉIS KUENTAS NUMERADAS EN SUIZA. KIERO EL NÚMERO Y LA KLAVE. Y NO SÉ, SI PROVÁIS KE PODÉIS PORTAROS KOMO DIOS MANDA, A LO MEJOR ME DA POR SER MÁS COMPRENSIBO...

–Habrá que informar a los demás –dije.

–Hay que reconocer que es un hijo de puta con gracia –opinó Mónica.

–Tienes un gran sentido del humor, querida –le afeó Lydia.

–Bueno, ¿qué voy a hacer, echarme a llorar?

–Sería algo digno de verse, desde luego.

Mónica sonrió, complaciente.

–Es bueno que me odies. El odio es un signo de juventud. Cuando te hagas mayor, como yo, lo perdonarás casi todo. Acuérdate de lo que te digo.

Lydia aceptó el desafío.

–Espero no hacerme nunca como tú –repuso, con sorna–. Si me dejas los planos que usaron para fabricarte, podré prevenirlo mejor.

–En tanto que de rosa y azucena se muestra la color en tu gesto es fácil resistir, prenda. Lo jodido viene luego.

–Eso es de Garcilaso de la Vega, ¿no? –terció, creyendo recordar algún comentario de texto de BUP.

–Justo –confirmó Mónica–. Oye, me gusta la gente que tiene memoria.

–Bien, mientras os recitáis versos, yo me voy a dar la noticia –dijo Lydia.

–No, nos vamos todos.

Me apresuré a separarme de Mónica. Tampoco era cuestión de desairar a la tía Lydia a las primeras de cambio.

La vuelta de todos los exploradores a la base confirmó las expectativas. Ni rastro de Gonzalo ni del criado sueco. Aparte de nuestra siniestra cuartilla, nadie había encontrado nada. Pero la cuartilla ya era suficiente para que el ambiente se alborotara a tope y para poner a prueba al capitán Pancho.

–Hijo de la gran puta –gritó, después de leer el mensaje en el salón donde nos habíamos reunido todos.

–Eso ya se nos había ocurrido a los demás –murmuró Carolina, cansada.

–¿Y ahorra qué vamos a hacerr? –preguntó Kurt.

–¿Tenemos alternativa? –dudó Yuri, que en el curso de los dos días de encierro parecía haberse distanciado claramente del alemán.

–Es una exigencia inaceptable –dijo Pancho.

–¿Por qué? –objeté, y sacando de la cartera mi tarjeta Cajamadrid la tiré sobre la mesa–. La clave es nueve cero noventa y nueve, si alguien puede ir apuntando. Desgraciadamente, no tengo cuentas en Suiza.

–Oh, vamos, no es momento de puerilidades –saltó Raúl, lo que vino a acreditar que, como Pancho, debía de poseer depósitos bancarios helvéticos.

–Perdone, señor, pero no veo la puerilidad por ninguna parte –repuse, mirándole fijo a los ojos–. Si un miserable puñado de dinero puede salvar una vida, aunque sea la suya, ahí está todo el que yo tengo.

Raúl no pudo contestar nada a eso, naturalmente. Lo que se le daba bien era proporcionarles a los astutos protagonistas de sus libros réplicas ingeniosas con las que dejar desarmados a los personajes subalternos, que nunca podían defenderse. Desarmar a un tío que te observa y al que sientes respirar, es otra cosa. Pero Pancho, que como hombre de negocios tenía más recursos para la dialéctica cotidiana, se interpuso entre ambos:

–Raúl tiene razón. Es una payasada. Sólo lo hace para reírse de nosotros. ¿Alguien se puede creer que todo esto lo han montado para pedirnos las tarjetas y la clave, como haría un navajero de tres al cuarto?

«Me gustaría verte manteniendo el tipo delante de un navajero de tres al cuarto», pensé. Pero tan sólo dije:

–Puede que sea una payasada. Pero es la payasada de alguien que se ha cargado a un hombre y ha hecho desaparecer a otros dos. Y en la medida en que estoy bajo su control, me inclino a tomármela en serio.

–Sin que sirva de precedente, aquí estoy completamente de acuerdo con el ex detective –apuntó Carolina–. Me parece de verdaderos pendejos sujetarnos la cartera mientras están a punto de darnos pasaporte.

–Opino igual –se sumó Philip–. Incluso suponiendo que entregarle lo que pide no sirviera para que nos indultara, nos permitirá ganar tiempo. Y el tiempo corre en nuestro favor y en su contra.

–Ojo, que el malo nos está escuchando –recordó Lydia–. Y que todo lo que digamos respecto de cómo va a actuar puede darle ideas en nuestro perjuicio. Porque en nuestro beneficio lo dudo.

Era un recordatorio pertinente, y sumió a los circunstantes en un silencio opresivo y embarazoso. El personal tendía a olvidar aquella pequeña dificultad: al tiempo que se discutía en la asamblea una estrategia de defensa, se le ponía en antecedentes al enemigo. Pezzi, que con mayor o menor fortuna se había inventado un expediente (el del detective) para conjurar ese peligro, observaba el debate con una especie de lejanía escéptica. Tampoco yo habría apostado mucho por la *troupe* de Pancho, la verdad.

–Ahí van mis tarjetas y mis claves. Yo tampoco tengo cuentas en Suiza.

Todos se volvieron hacia Lucía, sin poder evitarlo. Eran las primeras palabras que salían de su boca desde la víspera. Busqué sus ojos, y durante la décima de segundo en que se cruzaron con los míos, le transmití mi agradecimiento. Su rostro triste se distendió entonces un poco, y me pareció tan atractiva como nunca me lo había parecido hasta entonces.

–Y las mías –arrojó las suyas Philip.

–Y las mías –siguió Carolina, mientras le daba un codazo a Raúl.

Debió de arrearle fuerte, porque al escritor se le escapó un «ah» bien audible.

–Y las mías –remató Yuri.

El grupo se dividía. No es que nunca hubiera estado muy cohesionado, pero ahora el conflicto era visible y se hallaba sobre la mesa, en forma de un montón de plásticos emitidos por entidades financieras diversas y unas claves manuscritas. El bando resistente, integrado por Pancho y Raúl, contaba con la aquiescencia silenciosa de Kurt (me pegaba que fuera roñoso), Mónica (simple indiferencia, intuí) y Paula (a la venezolanita, acaso no muy adinerada de origen, le costaba deshacerse de esos buenos pesitos que su palmito le había proporcionado). Lo que vino a desequilibrar la balanza fue algo que los dejó a todos ellos con el culo al aire. Lydia, con la elegancia que la caracterizaba, se levantó de su asiento y se acercó hacia donde estaban, amontonadas, nuestras tarjetas de crédito. Dejó unas cuantas American, Visa y Mastercard platino y un folio con un montón de números escritos.

–Ahí están las nuestras. Y nuestras cuentas en Suiza. De los dos.

Bruno Pezzi continuaba impasible. Pero no apartaba la vista de Pancho.

El frágil líder acusó el golpe. ¿Cómo podía oponerse a cumplir los designios de nuestro torturador psicológico, si lo había hecho quien más tenía que perder? Tampoco Raúl lo tenía fácil para seguir resistiendo.

–Vamos ya, hombre, que parece que sos un bebé defendiendo su mamadera –le acuciaba Carolina, inmisericorde.

Así que al final, por más de mala gana que las entregaran algunos, todas las tarjetas y todas las claves bancarias acabaron sobre la mesa, y el liderazgo de Pancho quedó hecho unos zorros. Sin embargo, se le permitió seguir ejerciéndolo, lo que era un indicio tanto de la decadencia del grupo como de la convicción que poco a poco iba apoderándose de todos: alguien tenía la sartén bien cogida por el mango, y no tenía sentido disputárselo.

Alfonso trajo una bolsa y se hizo cargo de la ofrenda que nuestra despiadada deidad nos había exigido. Se acordó que irían a depositarla, Pancho y él, a eso de las siete menos cinco. Para qué adelantarse.

–Alguien debería quedarse luego espiando, digo yo –sugirió Raúl.

–¿Quién? ¿Tú, por ejemplo? –se revolvió Yuri.

–No doy un centavo por el que se quede –calculó Carolina–. Y más si el malo, como dice Lydia, está al tanto de que alguien va a quedarse.

La estupidez de la propuesta quedó así certificada. No volvió a hablarse de ella. Se llevaría la bolsa y punto. Todo el mundo respiró, en cierto modo. Ahora nos quedaban unas horas de calma por delante.

Tan absoluta era la rendición que a partir de ese momento los huéspedes buscaron sin más la forma de distraerse. No pocos fueron a ponerse el bañador. Para un día que se podía gozar de la piscina, un día que podía ser además el último de la vida de cada cual, no era cosa de desaprovecharlo. A la actividad natatoria y el bronceado se dedicaron Paula, Lucía, Heather, Philip, Raúl, Carolina, Kurt y Yuri. Aunque éste se limitó a nadar unos cuantos largos seguidos y luego desapareció en el interior de la casa. Los demás se dejaron ver también por el solárium, pero sin traje de baño. En unas mesas que había bajo una especie de pérgola se sirvieron aperitivos. Sin cubitos de hielo todo resultaba un poco más precario de lo deseable, pero supliendo las limitaciones con buena voluntad, cada uno se lo montó como pudo. Lo que me intrigaba era el prolongado mutismo y la férrea pasividad de Pezzi. Y me maravillaba que hubiera dejado todo en manos de Pancho y tuviera el cuajo necesario para limitarse a esperar acontecimientos.

En cuanto a mí, también nadé unos largos. Pero esperé para hacerlo a que aparecieran Lydia y Mónica. De pequeño tuve un buen profesor de natación y llegué a competir en campeonatos juveniles. Soy capaz de entrar en el agua limpiamente, sin causar más que un insignificante torbellino. Y puedo nadar a *crawl* o a mariposa hasta aburrirme, sin relajar el estilo en ningún momento. Mientras iba y venía en las frías aguas de la piscina, me sentía observado por mis dos princesas. Lydia, por cierto, a la vista del calor, había ido a cambiarse y se había puesto un vestido más ligero, estampado. En cuanto a Mónica, lucía un conjunto ibicenco, de un blanco que parecía más inmaculado en contraste con el color tostado de su piel. Las veía durante una fracción de segundo en los giros, sentadas bajo la pérgola, casi hieráticas. Y me debatía en esa duda placentera, el mejor de los pasatiempos.

Luego vinieron la comida y la sobremesa, que no aportaron nada con lo que me parezca adecuado poner a prueba la indulgencia del lector. Para afrontar la larga tarde, se formaron algunas partidas de cartas y un singular torneo de ajedrez que enfrentó a Pezzi con Kurt y Pancho. Yuri volvió a quitarse de la circulación, como Mónica y Lydia. Ante la falta de alicientes, y la fatiga acumulada, me pareció que lo mejor que podía hacer era irme a dormir la siesta a mi cuarto. Y eso fue lo que hice.

Me amodorré en seguida, y también en seguida empecé a soñar uno de esos sueños dúctiles que uno tiene en las siestas, y que al contrario de lo que pasa con los nocturnos, se pueden dirigir hacia donde uno quiere. En el sueño estábamos Lydia, Mónica y yo en la piscina. En fin, no era muy original, ni creo que contribuya demasiado a enriquecer este relato, así que prescindiré de sus, en otro sentido, jugosos detalles. El hecho es que allí estaba, relajado y razonablemente feliz, cuando alguien llamó a la puerta.

Me costó una enormidad levantarme. La siesta me deja del todo lacio, por eso no tengo costumbre de dormirla. Al fin conseguí llegar hasta la puerta. Me apoyé sobre ella, intenté oír a su través y acabé por preguntar:

–¿Quién es?

–Morgana. Fata Morgana.

–Por Dios, Mónica. Estaba durmiendo.

Pensé que era lo más apropiado, una declaración casual de desinterés.

–Venga, idiota.

Como todos, tengo mi orgullo, y aunque soy de la teoría de que el orgullo no sirve para nada y casi siempre conviene tragárselo, no diré que no me costó un poco abrir la puerta. Al menos, no lo hice en seguida.

–Vamos, tarda más –dijo Mónica, escurriéndose dentro de mi habitación.

Llegó hasta la pared opuesta, examinándolo todo. Luego se volvió.

–¿Estás muy cansado?

Bueno, resulta innegable que de vez en cuando a uno le agrada que las cosas se manifiesten con claridad. Y por si yo era demasiado duro de mollera, Mónica había tenido la deferencia de quitarse el sostén. Bajo la tela del vestido ibicenco se transparentaban sus armas mortíferas. Dos de ellas.

–Esto no está bien, Mónica –dije.

–Te equivocas. Estaría mal no hacerlo.

–¿Y eso por qué?

–Porque estamos encerrados y puede que nunca salgamos de aquí. Porque mi vida y tu vida serán más emocionantes con esto que sin esto. Y porque a los dos nos apetece y no tenemos que rendir cuentas de eso ante nadie.

–Creí que te había decepcionado.

–Como detective. Luego te he visto nadar.

–¿Y?

–No te pido que resuelvas ningún caso –dijo, bajándose el primer tirante.

–Mónica, esto es de veras muy emocionante, pero hay algunas pegas.

–Por ejemplo –susurró, bajándose el segundo tirante.

–No he traído preservativos. Yo venía aquí a meditar.

–*No problem.* –E hizo un rápido molinillo con ambas manos sobre el vientre–. Ligadura de trompas.

–Hay otra cosa.

–Qué –murmuró, descalzándose.

–No me pareces una buena mujer.

–Claro que no, guapetón.

–No sé, es que siempre me dije que sólo haría esto con alguien especial.

–Yo soy especialísima.

Ya se desabotonaba la espalda.

Bueno, qué pensaréis que pasó. ¿Qué logré reducirla, recomponerla y ponerla de nuevo en el pasillo? Pues eso. Supongo que hay veces en que uno se ve forzado a reconocer que no es más que un ruin insecto ávido de néctar, al que apenas se le conceden unos días de vuelo en los que las oportunidades siempre serán menores que su apetito. Un día las alas dejarán de funcionar como funcionaban, y el insecto caerá irremisiblemente a tierra, si nada lo ha interceptado antes. Y en ese momento, su único consuelo será que, cuando alguien lo pise, en la suela del zapato quede el churrete pegajoso de todo lo que acertó a chupar. Cuanto más grande y más denso, mejor.

A la hora convenida, Pancho y Alfonso fueron a depositar la bolsa en el invernadero. Estaban de regreso antes de que dieran las siete. En la casa, todos parecían de nuevo embargados por la preocupación.

–Bueno, y ahora a esperar –dijo Raúl.

–A ver, un poco más fuerte –se oyó gritar.

La voz provenía del vestíbulo. También se oía el ruido que hacía alguien al arrastrar algo pesado. Era Yuri, a quien ayudaba uno de los criados suecos. Todos acudimos a ver lo que entre los dos transportaban.

–Aquí está. Mi embarcación –reveló Yuri, con orgullo.

A primera vista parecía un armario ropero, alto y estrecho, que había sido despojado de los batientes.

Sobre él se veían dos remos fabricados a partir de unos palos de escoba y planchas de madera quizá obtenidas de las propias puertas del armario. En el filo reforzado que ahora hacía de borda, Yuri había instalado unos ganchos metálicos para los remos. El cubano, por cierto, llevaba un traje de neopreno que sólo dejaba al descubierto sus bruñidos antebrazos y pantorrillas. Parecía de veras dispuesto a intentarlo.

–¿Y eso va a flotar? –cuestionó Pancho.

–He impermeabilizado el fondo con cola –dijo Yuri–. Aguantará.

–¿No va a decir nada, Pezzi? Le ha destrozado un armario. Y ahora se dispone a jugarse la vida subido en él.

Pezzi respondió a la apelación de Pancho con su gesto más amable:

–Lo ha hecho con mi permiso. Y tiene mi admiración, por su valor.

También tenía la mía, y la de muchos de los aturdidos huéspedes, que ahora sentían el escozor de la culpabilidad. Quizá por eso, cuando Yuri pidió que le echáramos una mano para transportar su improvisado bote hasta el embarcadero, no le faltaron voluntarios. Incluso Raúl se ofreció.

Yuri se hizo a la mar con energía. La tarde seguía despejada, aunque una ligera bruma volvía borroso el horizonte, y el mar estaba en relativa calma. La fragilidad de la embarcación era no obstante manifiesta, y Kurt, de quien el cubano se había separado con un frío beso de despedida en la mejilla, se mordía el puño cerrado con aprensión. Nos dirigimos luego hacia el mirador del extremo occidental. Yuri, una vez que se hubo despegado de la costa, rodeó la isla para tomar rumbo oeste, hacia el continente. Le vimos alejarse, lento pero decidido, hasta que la bruma que flotaba sobre el agua, y los problemas visuales de cada cual, nos impidieron seguirlo divisando.

–*Gott sei mit dir* –imploró Kurt.

La partida de Yuri, las sombras de la noche que se cernían de nuevo sobre la isla, y la mala conciencia de la mayoría de los comensales, hicieron de aquella cena la más mustia de todas las que habíamos compartido. Yo opté por refugiarme una vez más en el alcohol, un Ribera del Duero bastante cabal. A fin de cuentas, no tenía que conducir, y una leve embriaguez nocturna, controlando la dosis, es el mejor preludio de su sueño profundo y reparador. Además, el achispamiento del vino me ayudaba a enfrentar la mirada de Mónica, cuya desvergüenza era un poco excesiva para mi gusto, y la de Lydia, que o mucho me equivocaba o se había olido la tostada más que de sobra. Las mujeres tienen un sexto sentido para estos asuntos.

Antes de irnos a la cama, Pancho insistió en que nadie debía dormir solo. Un breve repaso de los doce supervivientes, teniendo en cuenta la pareja de hecho (y bastante bien avenida, al parecer) que se había formado entre Lucía y Paula, sólo arrojaba dos huéspedes desparejados: Kurt y yo.

Pensad mal, si queréis. Lo que no puedo ocultar, ni ocultaré, es que ante aquella perspectiva intenté una maniobra desesperada:

–No creo que Paula y Lucía deban dormir solas.

–¿Y? –dijo Pancho.

–Propongo que Kurt y yo nos instalemos con unos colchones en su habitación. Hay espacio suficiente para todos.

Busqué con ojos suplicantes a Lucía.

–Me sentiría más tranquila, la verdad –tuvo la gentileza de decir, ganándose por segunda vez mi gratitud en un lapso de pocas horas.

Siempre he andado prevenido hacia las niñas pijas, porque me parece que cuando se fijan en alguien de la clase inferior únicamente lo hacen en pos de una experiencia pintoresca; pero allí parecía estarse fraguando algo interesante.

Así quedó arreglado, y media hora más tarde trataba de desconectar mi cerebro, arrullado por los teutónicos y nada artísticos ronquidos de Kurt y el leve resoplido de aquellas dos gacelas asustadas, cuya proximidad, paradójicamente, sentía como una presencia protectora. Aquella noche no hubo turnos de vigilancia. Los criados se negaron a realizarlos, y nadie se sintió con derecho a insistirles. Mientras buscaban postura en su lecho, todos los habitantes de la casa se preguntaban con qué sobresalto amanecerían.

Sucedió, sin embargo, antes del alba. A eso de las cinco, noté que me sacudían, y cuando abrí los ojos, tardé todavía un rato en comprender.

–Ismael –susurró Yuri.

Estaba empapado y tiritaba.

Opciones desechadas:

1. –Ismael –gimió Lydia–. Bruno ha desaparecido.
2. –Ismael –susurró Mónica–. Pancho no está.

6. El fin de la suerte

Todos, lo queramos o no, nos manejamos por la vida con una idea de lo que es el mal. La idea del mal, y su principal derivado, la idea del bien, han dado lugar a lo largo de la historia a expresiones más o menos elaboradas, como los Diez Mandamientos, la ética aristotélica, el código de honor de los samuráis, las leyes penales, el reglamento de la circulación y demás artefactos comúnmente utilizados para descalificar al listillo que se sale de la fila. También pueden sin embargo adoptar la idea del mal y la idea del bien formas mucho más burdas y pedestres, como las que subyacen en la proposición *mi suegra es más mala que la sarna* o en el juicio *qué buena es esta chica que se está quieta y me deja que le...* Entre ambos extremos hay una gama infinita de modalidades intermedias. En definitiva, no podemos vivir una experiencia, conocer a alguien u observar un comportamiento, sin preguntarnos si es *bueno* o *malo*. Incluso los que se creen amorales, libres y posmodernos se lo preguntan. Con ello, se supone, venimos a imitar a quien cuentan que nos hizo a su imagen y semejanza, y que, al terminar de convertir la nada en todo este lío, miró lo que había hecho y vio que *era bueno.* No que era grande, redondo, bonito o peligroso. Sino bueno.

Todos estamos acostumbrados, por tanto, a señalar el mal. Pero eso no quiere decir, ni mucho menos, que sepamos a ciencia cierta *qué es*. Y lo que resulta mucho más alarmante: tampoco sabemos debidamente *dónde está*. Si se hiciera una encuesta al respecto, es muy posible que una inmensa mayoría de los encuestados, con independencia de dónde lo ubicara cada uno, coincidiera en algo: en afirmar que el mal está *ahí*, es decir, fuera, en otra parte. Para cualquier individuo el mal lo hacen y lo encarnan siempre otros; da igual que sean los nazis, los comunistas, los fundamentalistas, los cazadores de focas o los ciclistas que toman anabolizantes. Pero ojalá fuera tan sencillo. El mal está en todas partes, porque todos somos capaces de causar mal. Y lo que es más terrible: todos lo terminamos causando.

Me parecía importante hacer estas reflexiones, ahora que me dispongo a contar cómo y cuándo se supo quién estaba tras los desagradables sucesos que se habían venido registrando en la mansión insular de Bruno Pezzi. Cuando se desvele, podéis alzar la mano, apuntar el dedo y formular vuestra condena. Faltaría más. Pero sabed, al hacerlo, que alguien contará un día vuestra historia y que también entre quienes la lean habrá quien os señale con el dedo a vosotros y os condene. Estoy seguro, y vosotros también. Si reflexionáis, reconoceréis que habéis hecho el mal, u os habéis alegrado de que otro lo hiciera, lo que viene a ser lo mismo. Eso espero, por lo menos. Si no, es que el mal ya se ha apoderado por completo de vosotros.

Hecha la digresión moral, que cada uno oirá o desoirá a su antojo (para eso están las digresiones morales), me corresponde volver al hilo de mi relato y retomarlo justo donde lo dejé: a las cinco de la mañana del tercer día (o del cuarto, si se cuenta el de la llegada), con Yuri sacudiéndome e interrumpiendo un agasajante sueño cuyo cariz, ya que me vais conociendo, os dejo libremente imaginar. Cuando mi cerebro, con el auxilio de lo que le mostraban mis ojos y lo que le transmitían mis oídos, se hizo al fin cargo de la situación, fijó como prioridad que ninguno de mis compañeros de cuarto se despertase. Acto seguido les hice a mis músculos la violencia (que siempre lo es) de ponerlos en movimiento y salí con Yuri al pasillo.

–¿Qué ha pasado? –le pregunté.

–No lo sé –repuso opacamente Yuri.

–¿Cómo que no lo sabes?

Parecía un hombre enajenado. Entre los temblores, la mirada extraviada y la melena desordenada por el agua, había dejado de ser él.

–Acabo de despertarme hace un rato, en la ensenada –explicó–. Muerto de frío y tirado allí, en la orilla.

–¿No recuerdas nada?

–Recuerdo, sí, recuerdo...

Se calló ahí. No paraba de tocarse el pecho, como si le doliera o le picara.

–¿Te pasa algo?

–No sé, me escuece aquí.

–A ver.

Le bajé la cremallera del traje de neopreno y vi algo raro debajo. Le arrastré hasta un rincón en el que pudiéramos encender luz. Cuando ésta iluminó sus bien labrados pectorales, fui capaz de leer distintamente el mensaje que alguien había escrito sobre ellos. Lo debían de haber hecho con un punzón o algo similar, desgarrándole la piel y trazando con su sangre, que ahora se veía seca, unas feas e irregulares letras de molde:

LOS BALIENTES NO TIENEN PREMIO AKÍ

–¿Te duele mucho? –le consulté.

–No, me molesta un poco, nada más.

–Eso es que las heridas son superficiales. Pero habría que desinfectarlas. Ven, creo que sé dónde está el botiquín.

Mientras le limpiaba a Yuri aquel estropicio que le habían hecho, traté de averiguar qué era lo que recordaba. Le costaba hablar, al tiempo que apretaba los dientes para soportar el fuego que el alcohol debía de meterle bajo la piel. Debido a eso, le saqué su historia a retazos. Lo que transcribo a continuación es una especie de versión hilada y depurada de lo que me dijo:

–Remé durante un buen rato. No podría decir con precisión cuánto tiempo. Dos horas y media, o quizá más. Iba manteniendo la respiración, bebiendo agua en pequeños sorbos, para no agotarme ni tampoco sudar demasiado. El mar no estaba muy bravo, y la cosa me cundía. Avanzaba. La isla iba quedando cada vez más atrás, desdibujándose entre la bruma. Yo miraba al frente, ansioso de distinguir una silueta, o la línea de la costa al fondo. Creí ver algo en tres o cuatro ocasiones, pero resultó un espejismo. Seguí remando, tratando de no pensar y de concentrarme sólo en el esfuerzo, en mantenerlo y en no perder el rumbo. Pero no me atrevo a asegurar que no lo perdí. Notaba las corrientes, y es muy poca la fuerza de un hombre contra la fuerza del mar. Así que no podría decirte dónde sucedió. Si fue al oeste, hacia donde quería ir, o al sur o al norte. El caso es que de pronto distinguí algo. Ya estaba relativamente oscuro, y al principio no llevaban luces. Creo que era una embarcación mediana, pero no me pidas que te calcule los metros. No la vi con claridad hasta que no encendieron el foco, y a partir de entonces sólo vi la luz que me cegaba. Vino derecha hacia mí. Debieron de dar más revoluciones a las máquinas, porque desde entonces pude oírlas. Imagínate mi júbilo. Me puse de pie, teniendo cuidado de no volcar, y empecé a hacerles señales con los brazos: «Aquí, aquí». Pero no hacía falta. Me habían visto, avanzaban hacia donde yo me encontraba, y mantenían el foco encendido para no perderme. O eso creí, hasta que sentí un pinchazo en el hombro. Debían de estar todavía a cincuenta o sesenta metros, de lo que se desprende que me disparó un buen tirador. Apenas me dio tiempo a sacarme la aguja. La luz del foco se hizo inmensa y lo ocupó todo. Lo siguiente que recuerdo es haber despertado en la ensenada, atontado y muerto de frío. Y luego he venido como he podido hasta aquí, y al no verte en tu cuarto he buscado en los demás. Suerte que he dado contigo a la primera.

Era seguramente significativo aquel afán de Yuri por contarme a mí, y no a otro, su frustrada aventura. Lo que no acababa de captar era lo que podía encerrar esa confianza, cuestión que no obstante mi curiosidad pospuse en favor de otras más perentorias.

Tras la cura, le acompañé a su cuarto, donde se secó y se puso otra indumentaria. Una vez que se hubo cambiado, reanudamos la conversación. Había una pregunta insoslayable:

–¿No llegaste a verlos?

–No. –Yuri meneó la cabeza–. Sólo vi el foco. Era muy potente.

–Bueno, esto podemos interpretarlo de varias formas –dije.

–¿Cómo lo interpretas tú?

–Pues me parece que al menos podemos hacer dos lecturas. Una: nos tienen bien vigilados, es imposible escapar. Dos: te han respetado la vida. Es más: se han tomado molestias para respetártela, aunque te hayan hecho la putada esa del pecho y te hayan dejado tirado a la intemperie.

Tras ver desinfectadas sus heridas y ponerse ropa seca, Yuri parecía haber entrado en calor y también, paulatinamente, en posesión de sus facultades. Sopesó durante un instante mis palabras. Luego observó:

–Es cierto. Me cazaron como a un conejo. Pero me perdonaron la vida, no como a Ignacio. Lo que no sé es lo que vamos a hacer ahora.

Era como si esperase que yo sugiriera algo. Y por la simpatía que me inspiraba lo habría hecho, pero allí no estábamos solos él y yo; había otra gente y la mayoría de esa gente había decidido que yo dejara de llevar las riendas. No me gusta prestarle servicio a nadie contra su voluntad.

–Supongo que deberíamos despertar a Pancho, ya que ahora él ejerce de guía de la manada –opiné–. Imagino que también habría que despertar a mi tío, pero no sé si eso serviría para algo. Ya le viste ayer, y me temo que empeora cada día. No podemos esperar que tome ninguna decisión.

–¿Y podemos esperar que la tome Pancho? –dudó Yuri.

–No sé. –Me encogí de hombros–. Es lo que hay.

Yuri dejó escapar un suspiro.

–En tal caso, me temo que lo único que podemos esperar es que quien sea el que lo haya organizado decida dar por terminado el juego.

–Bueno, el juego acabará, tarde o temprano. Las provisiones en la isla son limitadas, y según Alfonso una parte se está empezando a estropear.

–A lo mejor están esperando a eso –apuntó Yuri–. A que nos quedemos sin alimentos y empecemos a comernos unos a otros.

Sopesé la perspectiva. Durante un segundo, sin poder evitarlo, me representé el antebrazo de Yuri, la parte de su cuerpo que tenía más próxima, hecho a la barbacoa, suavemente dorado y crujiente. O una nalga de Paula. Luego razoné que habría que devorar primero a los viejos, que eran los que a fin de cuentas habían tenido más tiempo de vida y por ley natural debían desalojar antes. Y en ese momento fue cuando se me revolvió el estómago y dejé de pensar. Miré el reloj. Eran las seis y media, pasadas.

–Avisaremos a Pancho, si te parece –decidí–. A los demás los dejaremos dormir un poco más. No tiene ningún sentido sobresaltarlos. Y quizá sea mejor que tampoco les contemos lo del mensaje que te han escrito en el pecho. Algunos de los invitados ya están bastante nerviosos.

Pancho se asomó a la puerta después de obligarme a golpearla tres veces. Nuestro pastor, pensé, tenía el sueño demasiado profundo para velar por nadie. Me miró con una especie de espanto, y por un momento debió de creer que le contaría lo que tuviera que contarle así, él tras la puerta entreabierta y yo en el pasillo. Le persuadí de que saliera. Cuando abrió algo más la puerta para hacerlo, vi el desmadejado cuerpo de Mónica sobre una de las dos camas. Pancho lo notó, y no le gustó mucho. Pero no dijo ni pío.

Le hice ir al salón. Después de ver a Yuri y escuchar su historia, quedó totalmente anonadado. Se esforzó por encubrirlo:

–Bien, bien...

Dio tres o cuatro vueltas por la habitación, mesándose los cabellos. Al fin, pareció ocurrírsele algo. Vino hacia nosotros y se dirigió a Yuri:

–Creo que lo mejor es que te encierres en tu cuarto y que no salgas, hasta que pensemos en cómo darles a los demás la noticia. Mientras crean que estás ahí fuera, mantendrán la esperanza.

–Puede ser –admitió Yuri–. Pero a medida que pasen las horas empezarán más bien a temer que me haya ahogado en el intento.

–Naturalmente, es algo que sólo podemos manejar dentro de un cierto intervalo –reconoció Pancho–. Pero podemos ganar tiempo.

–Para qué –no pude evitar decir.

Pancho me observó con rencor. No sé si se olía que yo había pasado a engrosar la nómina de los juguetes eróticos de Mónica, tan extensa como a aquellas alturas de su fallido matrimonio imposible de ignorar; pero ya fuera por eso o por otra razón, se conoce que sintió deseos de afirmarse:

–¿Cómo cojones quieres que sepa para qué podemos ganar tiempo? Lo único que intento es que la gente no se me vuelva histérica. Eso es todo lo que puedo hacer y ya me parece bastante.

No pasé por alto el posesivo: *se me vuelva*. Aunque Pancho distaba considerablemente de representar mi ideal como ser humano, hube de constatar que se iba soltando en la cosa de mandar. Quizá tenía pese a todo posibilidades de ser un buen jefe, o incluso lo era fuera de allí.

Yuri, a regañadientes, se avino a ocultarse a la vista de los demás.

–Pero no espere que me tire todo el día ahí dentro –le advirtió a Pancho–. Vaya ingeniando la manera de decírselo.

El desayuno del tercer día, gracias al celo de Pancho, y pese al progresivo deterioro de los alimentos, fue un grato interludio. La gente había dormido, y todos habían despertado en su cama. Incluso había más de uno que daba la impresión de tomarse aquel dato como una buena señal, aunque nada hiciera presagiar que la situación pudiera experimentar alguna mejora.

De todos los comensales, no pude evitar fijarme especialmente en Pezzi. Su aspecto no era peor que otras mañanas, incluso se le veía algo recuperado, tras un sueño por primera vez en tres días tranquilo y reparador. Pero se mantenía en aquel silencio distante que apenas interrumpía para hacerle brevísimas observaciones a Lydia, sólo audibles para ella.

En cuanto a mi tía, lucía verdaderamente espléndida. Quizá por ello me resultaba muy desagradable que mi mirada se cruzara con la de Mónica, que me buscaba todo el tiempo. Como pasa con tantas otras cosas en la vida, sentía que había aprovechado la ocasión que menos valía y que no había sabido ganarme la oportunidad de apostar en la baza mejor. Después de la noche, y tal vez influido por lo que durante ella había soñado, aunque sólo lo recordaba de forma muy borrosa, se habían disipado mis dudas de la víspera. Mónica era una mala pécora a la que no me apetecía ayudar a crear su ficción burguesa y liposuccionada de *femme fatale*. Lydia, en cambio, era un ángel sin paliativos. Alguien por quien merecía la pena correr el riesgo de que le rompieran a uno la cara, e incluso el riesgo de enamorarse. La veía parpadear y recordaba que también en los párpados tenía pecas. Me volvía loco.

Aquel desayuno, tan plácido y relajado, vino a interrumpirse de la forma más inesperada. La primera en oír el ruido fue Heather:

–*Philip, don't you hear that buzz?*

Un segundo después lo oímos los demás. En todos los rostros que me rodeaban leí el mismo pensamiento. No podía ser, no aún. Faltaba un día, ¿o acaso la cuenta estaba mal hecha? Alguno repasó el cálculo. De todos modos, no cabía ninguna duda. Era el sonido de un helicóptero.

Con lo que queda contado hasta aquí, puede imaginarse lo tumultuosamente que los huéspedes de Bruno Pezzi, al oír el promisorio y creciente zumbido de aquel rotor, se abalanzaron hacia el exterior de la casa. Carolina fue la primera en divisar el puntito oscuro en el cielo:

–Allí, mierda, allí.

El ansioso rebaño evolucionó de forma natural hacia el helipuerto, mientras el aparato que había surgido sobre el horizonte se iba agrandando por instantes. Al fin llegó sobre la vertical de la isla y la euforia se apoderó de los maltrechos robinsones. Agitaban los brazos, daban saltos en el sitio, lloraban de alegría, se tiraban de los pelos, blasfemaban aliviados. Lydia y Pezzi, seguidos por Alfonso, acudían también por el sendero.

–Por fin, por fin –gritaba Paula, con los ojos inundados de lágrimas.

El helicóptero inició el descenso. A mitad de la maniobra el piloto tuvo una vacilación. Algunos de los invitados invadían la pista.

–Retírense, retírense –pidió Alfonso.

En cuanto la pista quedó despejada, el helicóptero terminó de bajar. Se posó sin la suavidad de días atrás, casi como si en los últimos metros el piloto lo hubiera dejado caer a plomo. Antes de que pudiéramos escudriñar en su interior, la puerta corredera se abrió y un par de hombres fornidos saltaron afuera. La herramienta de uno de ellos era bastante escueta. La del otro, algo más aparatosa. Los dos nos encañonaron inmediatamente.

–Las manos en la cabeza –dijo el del subfusil.

Tenía un acento raro.

La sonrisa se había quedado congelada en todos los semblantes. El estupor paralizaba todos los miembros.

–Más vale que hagamos lo que pide –dije, alzando el primero los brazos.

Aquellos seres atónitos me imitaron unánimemente. Lydia estaba cerca de mí. Todavía pesaba en mi ánimo el sentimiento de culpa y de frustración que me había asaltado antes respecto de ella. Por distraerla, o por tranquilizarla, o qué sé yo por qué, le dije, como quien habla del tiempo:

–El de la izquierda tiene una UZI y el de la derecha un AK-47. Buenas armas, deben de ser profesionales. Eso siempre resulta tranquilizador.

–¿Eres experto en armas? –me preguntó Lydia, mientras levantaba sus pecosos brazos y enlazaba las manos detrás de la nuca.

–Aficionado, nada más.

El helicóptero detuvo las turbinas. Del habitáculo salieron entonces seis hombres más. Todos iban con la cara descubierta, y al igual que los dos primeros, vestían un singular uniforme: un pañuelo verde anudado en la cabeza, pantalones y botas militares y el torso cubierto por una sudadera de esas que pueden comprarse en las tiendas oficiales de la Warner Brothers, con una gran efigie del Coyote estampada sobre el pecho. Una de las orejas del dibujo apuntaba hacia arriba y la otra, doblada, hacia abajo. Los ojos del Coyote eran amarillos y malévolos, y su gesto, astuto y sonriente. De los seis que bajaron después, tres iban también armados con su UZI y otros dos con AK-47. El último, que era por cierto el de menor estatura, sólo portaba una pistola Makarov colgada al cinto. Parecía ser el jefe.

Hubo un momento de tensión casi insoportable,

mientras nos encañonaban y el hombre bajo, de aspecto magrebí, observaba con gesto impenetrable el pobre grupo que componíamos. Yo aproveché para echarle una ojeada al piloto, que maniobraba con los botones del panel de instrumentos. Se trataba de un hombre de raza negra que al lector atento no le resultará desconocido. Y es que no era otro que Raymond, el chófer que había venido a buscarnos al aeropuerto de Estocolmo. Siguió absorto en lo suyo, sin mirarnos.

–Bueno, bueno, bueno –dijo al fin el hombre bajo–. Antes de nada, permítanme presentarme. Me llamo Abdelaziz y soy el encargado.

El asombro, si es que aún cabía asombrarse más, se hizo bien visible en casi todas aquellas caras. ¿El encargado? ¿De qué? El hecho cierto era que Abdelaziz hablaba un castellano impecable, pausado y melodioso.

–Éstos son mis compañeros: Leónidas, Wilmer, Anatoly, Patrick, Hakim, Goran y Mustafá. Como verán, vienen de los más diversos lugares del mundo. Algunos no entienden demasiado bien su idioma, por lo que les aconsejo que cumplan al pie de la letra las instrucciones que se les vayan dando y no les proporcionen en ningún momento motivos para desconfiar. No deseamos por nada del mundo que haya disgustos innecesarios.

No era muy usual que unos secuestradores se presentaran a cara descubierta y declarando sus nombres, aunque siempre cabía que fueran falsos. Por lo demás, aquella partida resultaba, en efecto, de lo más variopinta. Leónidas y Wilmer parecían sudamericanos; Anatoly y Goran, eslavos; Hakim y Mustafá, magrebíes o quizá turcos; y Patrick era probablemente de origen subsahariano. Todos ellos permanecían impasibles, empuñando sus armas apuntadas hacia nosotros, salvo Goran, que llevaba su AK-47 colgado al hombro y sostenía una videocámara con la que no dejaba de grabar.

–Muy bien –prosiguió Abdelaziz, con su tono ceremonioso–. Hechas las presentaciones, quisiera pedirles el primer favor.

Abdelaziz, merced a aquella inquietante cortesía que se empeñaba en mostrarnos, consiguió lo que seguramente pretendía: aterrorizar a quienes aguardaban sus instrucciones con las manos en la nuca.

–Si son tan amables de echar a andar hacia la casa –nos rogó.

Nadie opuso el menor reparo. Dimos media vuelta y siempre con las manos en alto recorrimos el trecho que había hasta la casa. Dos de los hombres, Anatoly y Hakim, nos precedían. Los otros venían detrás. Al llegar a la casa, Anatoly y Hakim se hicieron cargo de los suecos del servicio, que aguardaban a la puerta, sin atreverse a mover un músculo. En realidad, se comportaban juiciosamente. Carecía de sentido resistirse y no había adónde huir. Hakim y Anatoly les indicaron que entrasen. Así lo hicieron.

Nos condujeron a todos al solárium. Una vez allí, llevaron a un lado de la piscina a los criados, a quienes Anatoly, en su idioma, les indicó que podían sentarse en el suelo. Todos aprovecharon el permiso. A nosotros nos trasladaron al otro lado de la piscina, donde la pérgola. Nadie nos dijo que nos pudiéramos sentar. Continuamos de pie, con las manos arriba.

Observé que Leónidas y Patrick desaparecían de nuevo en el interior de la casa. Sin duda para registrarla. Me acordé de Yuri.

En este punto, recapitulando, la disposición era la siguiente: Anatoly, con su AK-47 terciado sobre el pecho, vigilaba a la servidumbre; Wilmer, Hakim y Mustafá nos encañonaban a nosotros; Goran iba y venía, grabándonos y alternando algunas tomas de la piscina, cuyo azul inmóvil parecía atraerle; Abdelaziz, frente a nosotros, nos contemplaba en silencio.

–Ahora voy a pedirles el segundo favor –habló de nuevo el encargado.

Habría podido oírse el frufrú de una crisálida saliendo del capullo.

–Les ruego que tengan la bondad de despojarse de sus ropas.

Hubo un instante de incredulidad, acaso de resistencia.

–Hakim –murmuró Abdelaziz.

El apelado levantó su UZI y lanzó al aire una ráfaga ensordecedora, que desgarró en mil pedazos la quietud de la mañana.

No hizo falta más. Antes de que se apagara el eco de aquella ráfaga, los dedos de todos forcejeaban con los botones de camisas y pantalones, arrancando los que se resistían a ser desabrochados. Por el rubor que había en algunas mejillas, a sus dueños les avergonzaba sobremanera exhibirse ante los demás y ante aquellos hombres uniformados con la sudadera del Coyote. También era humillante tener que hacerlo delante de los criados, que continuaban sentados y mudos al otro lado de la piscina, sin que nadie les exigiera que se desvistiesen. Pero siempre puede encontrarse una buena razón para perder la vergüenza, y Abdelaziz había acertado a suministrarnos una suficientemente persuasiva. Por mi parte, no me importaba demasiado. No hay nada en mi desnudez que me abochorne, por ahora.

Algunos (en concreto: Heather, Pancho, Raúl y Paula) se detuvieron al llegar a la ropa interior. Abdelaziz lo resolvió con su habitual suavidad.

–Hakim.

Bastó que Hakim apuntase con su arma a Pancho para que todos los reticentes se arrancaran las últimas prendas como si quemaran.

Una vez que todos estuvimos como nuestra madre nos echó al mundo, la mayoría cubriéndose pudorosamente con las manos (anoté las excepciones: Mónica, Lydia, Pezzi, Philip y yo), uno de los hombres, el sudamericano que respondía al nombre de Wilmer, recogió las ropas del suelo. Goran, mientras tanto, seguía grabando con la videocámara. Iba recorriéndonos a todos uno a uno, y al llegar a los que se tapaban les retiraba la mano con extrema delicadeza. Al hacérselo a Carolina, ésta se resistió.

–No me toqués, cerdo.

Goran se quedó mirándola, sin decir nada. Luego volvió a aplicar el ojo al visor de la cámara y estuvo grabándola de arriba abajo, deteniéndose largamente donde más la pudiera molestar. Carolina hubo de soportarlo.

–Gracias por su colaboración –dijo Abdelaziz–.

Ahora harán dos grupos. Los hombres, a la izquierda. Las mujeres, a la derecha.

Ya puestos, esto era más fácil. Obedecimos.

–Así no –nos corrigió–. Mírense.

Nos volvimos hasta quedar los unos enfrentados a las otras. No sé qué pensaban los demás. El ser humano es impredecible, cuando se le acerca hasta el límite. Pese a la violencia y la crueldad de la situación, yo no pude dejar de hacer comparaciones, entre unas y otras y entre la realidad que ahora se ofrecía a mis ojos y lo que antes había imaginado. Como resultado, la ternura que mi tía me inspiraba se recrudeció hasta el paroxismo. No negaré los méritos de Paula, ni la destreza del cirujano que había moldeado a Lucía. Pero la estilizada belleza de Lydia, que en aquel trance se veía tan orgullosa y tan indefensa a la vez, se me imponía sobre cualquier otra.

Permanecimos así durante uno o dos minutos, mientras Abdelaziz conferenciaba, aparentemente en árabe, con Hakim y Mustafá. Goran seguía grabándonos, con una aplicación que rayaba en la demencia paranoide.

–Hijo de puta –le oí murmurar a Raúl, entre dientes.

Entonces apareció en el solárium Yuri. Con las manos en la nuca, como correspondía, y con Patrick y Leónidas detrás.

–*Look there, the cuban stud!* –exclamó Heather.

–*Du bist hier, Yuri!* –hizo lo propio Kurt.

Yuri, siempre seguido por sus captores, vino hasta donde estábamos agrupados los hombres. Al llegar, Kurt casi se le echó encima.

–*Haben sie dich verletzt?*

-*Nein, ich bin OK* –repuso Yuri, calmándolo.

–Le agradecería que se asimilara cuanto antes a los demás –interrumpió este diálogo Abdelaziz–. Dele sus ropas a mi compañero Wilmer.

Yuri se desvistió sin la menor protesta. Cuando hubo terminado y se irguió junto a los demás, Paula vio el trabajo que le habían hecho en el pecho.

–Oh, Dios mío –gritó–. Le han torturado.

Un murmullo de terror se extendió entre las mujeres. Los hombres, con la excepción de Kurt, guardamos silencio. Abdelaziz intervino:

–No se asusten. Eso sólo ha sido una broma. Se le curará en seguida.

Y se volvió a hablar con Hakim y Mustafá. Así, sin que nadie nos diera la menor información ni se nos permitiera abandonar aquella ominosa tesitura, nos tuvieron durante un buen cuarto de hora. Demasiado para alguno.

–¿Es que no van a explicarnos qué pasa aquí? –protestó Pancho.

Abdelaziz se volvió, muy despacio. Luego se acercó al díscolo, hasta quedarse a apenas unos centímetros. El otro le sacaba casi la cabeza. Abdelaziz, con la barbilla levantada y los ojos clavados en los de Pancho, dijo:

–A veces hay explicaciones y a veces no las hay, señor. Por ejemplo, nadie les explica nada a los que pierden para que usted haga beneficio. A los que ponen en la calle de un día para otro, a los niños que trabajan en minas o en fábricas de zapatillas deportivas, a los que viven aplastados por los tiranos que les venden el petróleo a las empresas con las que usted especula.

Pancho tragó saliva. Quizá deseó haber entendido mal. Si estábamos en manos de un comando revolucionario, o algo por el estilo, las perspectivas no eran precisamente las más halagüeñas que podíamos tener.

–Pero sí les vamos a explicar –precisó Abdelaziz–. Ustedes tienen ese derecho. Han nacido en un país que se lo da, y no vamos a quitárselo ahora. Aguardaremos, simplemente, a que estemos todos.

Esperamos otros veinte minutos. Al fin se oyó en lontananza el ruido de un motor. Nos volvimos en la dirección de la que provenía y vimos un yate de mediano tamaño que progresaba hacia la ensenada. Atracó en el embarcadero y de él descendió un grupo de personas. En la distancia, no se discernían bien sus rostros. Unos iban armados. Otros no. Se encaminaron hacia la casa. Uno parecía menos vestido que los demás y avanzaba con dificultad. El murete que defendía del viento el solárium terminó por ocultarlos. Debimos esperar varios minutos más, expectantes. Al fin, aparecieron ante nosotros. Otros dos hombres con la sudadera del Coyote. Uno muy rubio y el otro barbudo y renegrido. Entre ellos, el criado sueco desaparecido y una figura tripuda y vellosa en la que nos costó reconocer a Gonzalo. Estaba completamente desnudo, atado de manos y pies, y amordazado de una forma extraña. Caminaba a saltitos, porque las ligaduras de sus pies y manos, aunque le dejaban cierta holgura, estaban anudadas entre sí por una cuerda que sólo tenía un poco más de la longitud imprescindible. Cuando lo trajeron junto a nosotros, pudimos ver lo que había en su boca. Era una bola de golf, fuertemente sujeta con un par de tiras de cinta adhesiva que le rodeaban el rostro de oreja a oreja. Ya fuera porque la cinta se la estiraba demasiado, o por las experiencias recientes, Gonzalo no tenía muy buena cara.

–Les presento a otros dos compañeros míos, Vassily y Rashid –informó Abdelaziz–. Me tomo esta molestia para que les concedan la importancia que merecen. Son individuos, como ustedes y como yo, y tienen un nombre. En cuanto al caballero, me temo que se ha mostrado un poco inquieto, desde que nos hicimos cargo de él. No nos ha dejado otra solución.

Si era una advertencia para los demás, no creo que uno solo dejara de tomar oportuna nota. Gonzalo, exhausto por la caminata que acababa de efectuar en tan adversas circunstancias, resoplaba penosamente.

–Estupendo –anotó Abdelaziz. Parecía una persona que desconocía la prisa–. Esto ya casi está listo. Únicamente nos quedan un par de pruebas. Ahora quisiera pedirles a las señoras que se tumben. Boca arriba.

¿Quería pedírselo o se lo estaba pidiendo? Todas aceptaron la duda. Paula empezó a sollozar. Mónica se agachó, pero se detuvo antes de tenderse.

–Sí, he dicho boca arriba –aclaró Abdelaziz–. Y si tardan más de tres segundos a partir de ahora, le vaciaré el cargador en la barriga a la que menos me gusta de todas ustedes. Les dejo adivinar quién es.

Ninguna estuvo lo bastante segura de sus encantos como para no echarse precipitadamente al suelo y tumbarse, tal y como les pedían que lo hicieran. Goran, a estas alturas ya es casi ocioso decirlo, seguía grabando. Su amplia sonrisa delataba cuánto le satisfacía el reportaje que le estaba saliendo.

–Muy amables –agradeció aquella sumisión Abdelaziz.

Lo que siguió fue un espectáculo doloroso. Ya sabe el lector que algunas de aquellas mujeres me caían mejor y otras peor. También le consta que hacia alguna experimentaba ciertos sentimientos, y que a alguna otra le tenía mayor o menor inquina. Y en cuanto a sus compañeros, que se veían obligados a asistir a aquella infamia, con ninguno simpatizaba mucho. Incluso podía haber fantaseado en alguna ocasión con el placer que habría podido producirme verlos a todos humillados. Encarnaban muchas de las cosas que más podían reventarme, qué le iba a hacer. Pero el placer figurado se venía abajo al verlos convertidos en víctimas. Cuando un ser humano hace de otro su víctima, le da la razón y el derecho. El verdugo contamina de maldad cuanto pueda empujarle, aunque sea el ideal más sublime. Y la víctima queda absuelta de todas sus faltas, por abominables que éstas puedan ser.

Con todo, debo precisar que Abdelaziz no llegó a tocar en ningún momento a sus prisioneras. El único contacto que éstas sintieron fue el del frío cañón de su Makarov. Con qué intensidad y dónde, dejo que cada uno, en función de lo sádico y morboso que sea, se lo represente. No pretendo hacer de estas páginas un repugnante pasatiempo para pervertidos.

Cuando le llegó el turno a Carolina, oí a mi izquierda:

–Déjala, moraco cabrón.

Acto seguido vi a Raúl salir del grupo y correr hacia Abdelaziz, con los puños apretados. No recorrió ni la mitad del camino. A los seis o siete metros, su rostro se encontró con la culata del AK-47 de Vassily, que lo interceptó en seco y lo derribó sangrando sobre las baldosas.

Goran se inclinó sobre el cuerpo inmóvil. Filmó con delectación la sangre.

–Respira –dijo.

Abdelaziz observó durante unos segundos a Raúl. Mientras lo hacía, tuve un pensamiento curioso e inesperado, como curiosa e inesperada había sido la hombrada del escritor. Me confortó haberle visto portarse como se portaban los protagonistas de sus libros, tipos siempre indómitos y corajudos. Aunque él me cayera mal, sus novelas siempre me habían fascinado.

–Bueno –resumió Abdelaziz–. Han tardado, pero veo que al fin han tenido el valor de manifestar que prefieren ser ustedes, y no las damas, quienes sufran el desahogo de mi cerebro enfermo. Acepto su oferta.

La declaración suponía un alivio para Lydia y Lucía, a quienes no había llegado aún el turno, y un baldón para Pancho y Philip, que habían aguantado sin rebelarse el ultraje infligido a sus parejas. También encerraba una amenaza inminente para todo el sector masculino, hacia el que ahora se había vuelto, pistola en mano, el cetrino y pausado Abdelaziz. Sobre su sudadera, el rostro del Coyote se veía más torvo y escalofriante que nunca.

–Con ustedes prefiero practicar un juego un poco más intelectual. Lamento reconocer que no siento ninguna atracción hacia los hombres.

Alguno debió hacer esfuerzos para continuar en pie.

–Éstas son las reglas del juego –siguió Abdelaziz–. Supongamos que mis jefes me han ordenado que al menos mate a dos de ustedes. Ya nos cargamos a uno. El otro, he aquí mi oferta, lo elegirán ustedes mismos. Si les parece que se trata de una elección inmoral y no desean hacerla, lo comprenderé, pero los acribillaremos a todos. A mis jefes no les disgustará el arreglo. Les dejaré un minuto para deliberar. Ah, y pueden elegir desde luego al escritor –dijo, señalándolo–. Tiene la ventaja de que no puede oponerse.

Abdelaziz se puso a mirar ostensiblemente su reloj.

Durante los primeros siete u ocho segundos, ninguno reaccionó.

–No podemos entrar en ese juego –dijo al fin Yuri, con firmeza–. Que nos mate a todos, si tiene pelotas.

–No quierro morrir –gimió Kurt.

–Ni tú ni nadie, maricón de mierda –le escupió Pancho, fuera de sí.

–Raúl sería, ciertamente, el que menos sufriría. Está inconsciente –apuntó Philip, con su irreprimible pragmatismo británico.

–Hu-hu-hu –intentó en vano pronunciarse Gonzalo.

A mí, la verdad, no se me ocurrió nada que decir.

Pezzi, tras oír a los demás, intervino con su voz más grave y solemne:

–El problema está resuelto. Yo les he traído aquí a todos y en cierto modo soy responsable de lo que ha sucedido. Es justo que sea yo.

–No podemos aceptarlo –se opuso Yuri.

–No se preocupen, no tengo miedo a morir –dijo Pezzi, con una sonrisa triste–. Iba a suceder un día de éstos, de todos modos.

Hubo alguna objeción más, pero cada vez con menos fuerza.

–Tenemos una decisión –gritó Pezzi.

Abdelaziz alzó las cejas.

–¿Ya? Les han sobrado quince segundos.

–Puede matarme a mí, si lo desea –se ofreció Pezzi.

Abdelaziz frunció el ceño.

–Ah, no –dijo, meneando la cabeza–. Esto no vale. No he pedido un mártir y mucho menos un suicida. No quiero hacerle un favor a nadie. Quiero que elijan a alguien que muera contra su voluntad, implorando que le deje vivir. No sé si captan la idea. Les dejo medio minuto suplementario.

–Habrrá que votarr –dijo Kurt, desesperado.

–Que nos mate a todos, joder –insistió Yuri.

–Vamos a votar, señalando con el dedo, a la de tres –gritó Pancho, y en voz baja añadió–: Y ahora me señaláis todos a mí.

No podía dar crédito. Pancho, ofreciéndose para el sacrificio. Nunca se sabe lo que hay en el fondo del corazón de un hombre. Pero era, además de valeroso, inteligente. Elegirle a él era lo que podía resultar más verosímil.

–Uno, dos y tres –contó Pancho, y a la de tres los dedos de todos, salvo Pezzi y Gonzalo (que estaba maniatado), se clavaron en su pecho.

–Hijos de puta –gritó, y echó a correr.

Anatoly, viéndole tan atropellado, se limitó a ponerle la zancadilla. Pancho se fue de bruces al suelo, y en menos que se tarda en decirlo se encontró con Anatoly sentado encima, retorciéndole el brazo y clavándole el cañón de su fusil ametrallador en la nuca. Pancho forcejeaba, no obstante. Anatoly, tras un rápido cruce de miradas con Abdelaziz, lo durmió de un culatazo.

–Gracias, Anatoly –dijo Abdelaziz. Y dirigiéndose de nuevo a nosotros, anunció–: Está bien, pueden reunirse todos. Se terminó la comedia.

Nadie se atrevió a moverse.

–He dicho que pueden volver a reunirse –repitió Abdelaziz–. Los hombres y las mujeres. El espectáculo se acabó. Goran, deja de grabar.

Goran, aunque pareció lamentarlo, desconectó la cámara.

Nos reunimos, sin esperar a que nos lo dijera por tercera vez. En la mayoría, el afán de protegerse en el bulto pesaba más que el pudor. Carolina, trémula y llorosa, se hizo cargo de Raúl. Mónica, ausente y apagada, de Pancho. Entre Yuri y yo las ayudamos a transportarlos hasta donde estaba el grupo. Los hombres de Abdelaziz nos dejaron hacer sin estorbos.

–Pueden sentarse, si lo desean –añadió Abdelaziz.

Más que sentarse, casi todos los rehenes se dejaron caer. El suelo sobre el que se apoyaron nuestras posaderas desnudas no estaba muy caliente, pero tampoco insoportablemente frío. Al menos para mí. Paula preguntó:

–¿Es que no van a dejar que nos vistamos?

Abdelaziz la observó con interés. Como si le sorprendiera que alguien se atreviera a hacer algo más que someterse a sus designios, según él los fuera desvelando. Pero la candidez de Paula excitó su afán pedagógico.

–Eso no, señorita –dijo–. Dejaré que continúen desnudos porque la desnudez los aproxima a su naturaleza. Su naturaleza no es lo que ustedes han llegado a creer. Ni las ropas, ni los perfumes, ni los cosméticos. Su naturaleza es esa carne que ahora tiembla de miedo y de frío; que empezará a oler mal si no les permitimos lavarse; que acaso se queme, si los dejamos al sol durante toda la mañana. Su naturaleza, aunque se hayan esforzado por creer otra cosa, es la misma que la de todos los pobres desgraciados a los que compadecen cuando los ven morir como perros en la televisión.

Parecía haber llegado el momento. Abdelaziz, que se había acercado una butaca de jardín, se sentó en ella. Sus hombres bajaron ligeramente las armas, aunque siguieron empuñándolas y haciéndolo notar, por si acaso.

–¿Por qué todo esto? –se preguntó Abdelaziz.

El mutismo de los prisioneros respaldó su interrogación.

–¿Para qué?

Un nuevo silencio.

–¿Hasta cuándo? ¿Hasta dónde?

Si pretendía excitar la ansiedad de sus víctimas, lo estaba logrando.

–Bueno. Ahora empiezan las respuestas –dijo, sonriente.

Abdelaziz se restregó los ojos. De pronto parecía cansado, o le daba pereza lo que tenía que hacer. Inspiró profundamente y arrancó a hablar:

–A ustedes no los ha tratado mal la vida, hasta aquí. Unos han conocido el éxito y la admiración de sus semejantes. Otros, la riqueza. Los más privilegiados, todo al mismo tiempo. El que menos, ha podido vivir con una relativa holgura, o en todo caso sin las privaciones en que vive sumida la mayoría de la Humanidad. Algunos de ustedes han tenido la suerte por sí mismos. Otros, porque se acercaron a quienes la tenían. En uno y otro caso, el resultado es igual. Se han acostumbrado a la suerte. Han creído que era *suya*. Éste ha sido su error, del que ahora venimos a sacarles. La suerte se acaba, señores míos. Y cuando se acaba, no hay nada que hacer. La suerte no es un estado en el que se permanezca, sino un accidente por el que se pasa. La gozamos sólo para echarla de menos cuando se va. Alguno de ustedes creerá que puede volver a tener suerte, cuando salga de aquí. Bien, eso requeriría en primer lugar que les dejáramos marchar, cuestión de la que ni mucho menos pueden estar seguros. Pero concedámoslo. Y concedamos que las cosas vuelven a irles bien. Ahora que ya saben lo que es perder la suerte, no podrán volver a sentir que la poseen. Sentirán su fragilidad. Aguardarán, asustados, el momento en que la suerte va a volver a abandonarles. Y cada vez que les dé la espalda no les dolerá menos. Sino más.

Los huéspedes se miraron los unos a los otros, incrédulos.

–No se asombren –pidió Abdelaziz–. Soy un moro de mierda, pero también he traducido a Séneca y a Aristóteles a varios idiomas, entre ellos el suyo. No es tan extraño que me exprese con cierta coherencia.

Se oyó una especie de risa floja. Era Hakim, a quien secundaba, más quedo, Rashid. Abdelaziz los fulminó a ambos con la mirada.

–Ahí tienen el porqué –reanudó su parlamento–. Necesitábamos personas como ustedes. Personas afortunadas. Y lo siento por ustedes, no es nada personal, pero lo que teníamos que hacer era, justamente, joderles la suerte. No había más remedio. Lo que quizá podríamos haber desarrollado de otra forma son las acciones concretas. En lugar de matar a Ignacio, podríamos haber intentado neutralizarlo. Bueno, apareció donde no debía en un momento inoportuno y quien tuvo que resolver el problema lo hizo expeditivamente. Desde luego, estaba autorizado para ello. También podríamos habernos abstenido de secuestrar a Gonzalo, y podría yo haberme ahorrado el número de antes con la pistola o esa votación que resolvieron tan inteligentemente hace unos minutos. Pero en fin, mis instrucciones me permitían hacerlo y lo hice. Aquí, y es importante que lo sepan, no ha sucedido nada que no haya sido sancionado por una orden superior. Estos hombres a los que ven, y yo mismo, no somos nada más que ejecutores. Como ustedes, somos marionetas que otros dirigen. Nos mandaron que los mantuviéramos aislados aquí, y lo hemos cumplido. Nos han dicho que nos pongamos las camisetas con este dibujo ridículo, supongo que para afrentarlos más, y nos las ponemos. Nos pidieron que los desnudáramos, y desnudos están. La única diferencia entre ustedes y yo es que yo soy consciente. Nunca he creído, ni creeré, que el mundo me pertenece o que tengo derecho a dominarlo. Sé que no soy diferente de los indios que mueren a miles en los terremotos, de los peces que caen a millones en las redes de los pescadores, de la hormiga a la que cualquiera puede aplastar. Sé que sólo estoy aquí mientras el niño que me pintó con sus tizas de colores no decida borrarme de la pizarra.

Los ateridos invitados de Bruno Pezzi (decididamente, aquél no iba a ser un día tan caluroso como el anterior) escucharon apocados y cariacontecidos las terribles filosofías que les exponía Abdelaziz. Pero había algo que aquel hombre no contaba. Algo que mantenía a muchos en vilo.

–Ya lo sé –dijo Abdelaziz, leyéndoles el pensamiento–. Todo esto, aunque sea lo que más les incumbe, no es lo que más les interesa. Quieren conocer el para qué. Quieren saber qué les deparará el futuro. Claro. Pero eso yo no se lo puedo contar. Eso debe hacerlo quien sí puede, si lo desea.

Abdelaziz se quedó entonces callado, como si aguardara. Una expectación desconocida hasta ese instante se apoderó de todos los presentes. Algo extraordinario iba a suceder. Podía palparse. Al fin, una voz dijo:

–Utilizad la lógica, corderitos. El responsable sólo podía encontrarse entre vosotros. ¿Cómo, si no, podía estar al tanto de todo?

Leónidas tendió un albornoz a quien acababa de levantarse y destacarse del grupo de prisioneros desnudos. Abdelaziz inclinó respetuosamente la cabeza, se levantó de la butaca y retrocedió un par de pasos. El cuerpo del que había salido aquella voz se envolvió en el albornoz y se acomodó en la butaca que Abdelaziz acababa de despejar. Su rostro era frío e inexpresivo.

Cuando volvió a hablar, su voz lo inundó todo.

–No esperéis que os describa en detalle cómo lo organicé, por qué hice esto y esto otro, cómo puse los mensajes en la chimenea y en el invernadero, cómo me las arreglé para comunicarme con el exterior, etcétera, etcétera, etcétera. Sería un aburrimiento, y además, si lo pensáis, reconoceréis que pude hacerlo perfectamente. Nadie vigilaba nunca, habéis sido un rebaño de corderitos estúpidos y dormilones. Bueno, algo sí os diré. En la isla había otro teléfono vía satélite: el mío. Y sigue estando aquí: en mi habitación. Para ahorrar, le puse la tarjeta SIM del teléfono de Ignacio. Todas mis conversaciones con Abdelaziz las pagarán sus herederos. Un pico.

El comentario resultó desconcertante y, para algunos, aterrador. ¿Acaso dependía la suerte de todos del capricho de una mente enloquecida?

–Lo que sí voy a contaros, porque no puede ser de otra manera –continuó la voz–, es para qué he montado todo este circo. No lo he hecho porque sí, eso os lo aseguro. Tengo mis razones, aunque no espero ni mucho menos que vosotros vayáis a compartirlas. Pero bueno, ahí van.

El responsable, que como tal debíamos empezar a considerarlo, tardó unos instantes en reanudar su discurso. Cuando lo hizo, su voz volvió a sonar firme y decidida, como había sonado desde el primer momento:

–Puede que alguno de vosotros piense que éste es el juego de un loco. El capricho de un hombre que se aburre. La invención de un canalla. Pero, honestamente, no creo que pueda afirmarse ninguna de esas tres cosas. No estoy loco, o lo he estado toda mi vida, porque ahora no noto diferencia. No me aburro, al revés: desde hace ocho meses siento lo precioso que resulta cada instante, el deber que tenemos de hacerlo servir para algo noble e intenso. Y he sido tantas veces un canalla que sé que ahora no lo soy. Un canalla sólo busca su placer o su ventaja. Yo hago esto por altruismo.

De no haber sido por las múltiples armas que, aun sin encañonarnos, nos amenazaban, es muy posible que alguno le hubiera saltado al cuello.

–Calma –dijo, como si lo notara–. Sé cómo sois, cómo han sido vuestras vidas. Sé lo que os preocupa y lo que buscáis. Sé, incluso, lo que teméis. Y pensé que tenía el deber de demostraros que estáis equivocados. Es más, creo que ya lo he conseguido. Estoy seguro de que cuando salgáis de aquí veréis la vida de otra manera. Sabréis mejor quiénes sois y qué le podéis y le debéis pedir a la existencia. Y eso, aunque ahora me odiéis, me lo tendréis que agradecer a mí. He querido que tengáis lo que yo no tuve. Yo he vivido mi vida como un necio, sin entender. Y cuando entendí, hace ocho meses, ya era tarde. Ya se me había pasado el tiempo, ya me empujaban hacia el precipicio. La verdad, la que antes os exponía con su admirable elocuencia mi buen Abdelaziz, termina por abrirse paso e inunda el alma de todos los hombres. Nadie deja de verle la cara. Pero este mundo está organizado de tal forma que muchos sólo ven la verdad al final, cuando ya nada tiene remedio y sólo les queda arrepentirse. Vosotros ibais a ver la verdad, de todos modos: cuando os sintierais enfermos, viejos y solos, como yo me siento ahora. Ibais a verla en una habitación de hospital, o en el cuarto de estar de vuestra casa, contemplando en un atardecer oscuro y sórdido los retratos de vuestros muertos. He querido ahorraros esa humillación. He querido, mediante esta ficción inofensiva, mostraros la verdad ahora, para que suspendáis vuestras vidas erradas, como ha sido la mía, y enderecéis el camino. He querido, porque os aprecio de veras, aunque a veces me irritéis, daros la oportunidad de morir en paz con el mundo, y no tan amargamente como voy a morir yo. No espero vuestra gratitud, aunque a lo mejor un día, dentro de muchos años, la sintáis. Entonces yo ya no estaré aquí. En cambio, soy yo el que os da las gracias, porque merced a esta empresa desinteresada, y aunque sólo haya sido por unos días, mi vida ha tenido alguna utilidad.

Nadie osó abrir la boca. Nadie se sentía seguro de que aquel hombre se hallara en su sano juicio o no estuviera burlándose de todos.

–Tres cosas sí quiero que queden claras –agregó–. Primero: la muerte de Ignacio, aunque me haya servido para crear la atmósfera desde el principio, no tiene nada que ver con este asunto. Creyó que podría pegármela, utilizando los votos de mis acciones en el Banco para beneficiar a otros. Una mala idea. Segundo: os aconsejo que no contéis nunca nada de lo que ha pasado aquí. No tenéis nada que ganar, porque no viviré lo suficiente como para que ningún tribunal me condene, y sí mucho que perder. Si alguno cree que la policía de cualquier país será capaz de protegerle de lo que puedo echarle encima, es que conserva una ingenuidad admirable. Tercero: que a todos os conste que mi mujer no sabía nada de todo esto. Ella es lo que más quiero en este mundo, y si alguno intenta perjudicarla cuando yo ya no esté, tendrá que medir las consecuencias. Lo habré dejado todo organizado para que alguien le perjudique a él hasta extremos que no os podéis ni imaginar.

Dicho aquello, quién iba a replicarle. Esa misma tarde a los invitados supervivientes los metieron en dos tandas en el helicóptero y los llevaron al aeropuerto de Estocolmo. A mí me llevaron en el tercer viaje, solo. Pude aprovechar así para charlar un poco más con Raymond, que era un tipo bien interesante. Si no cuento aquí su vida es porque necesitaría otro libro para hacerlo. Lydia se quedó en la isla, con su marido, y también Alfonso y los criados. Todos ellos eran inocentes, o más bien lo habían sido, ya que a partir de aquel día encubrirían el crimen de su patrón. Como lo hago yo, que no he dado ni daré su nombre auténtico y me he inventado, entre otras muchas patrañas y desfiguraciones de la historia real, una isla en el Báltico, cosa bien disparatada. ¿Cómo se le iba a ocurrir a ningún rico irse a vivir a un mar donde casi no hace sol, rodeado de criados suecos? ¿Y acaso puede creerse que algún sueco aceptaría ser sirviente sumiso de un europeo del Sur? Pero espero que se comprenda que debía tomar mis precauciones, aunque las haya llevado hasta extremos demasiado grotescos.

Mi tío, antes de despedirme y prometerme un pedacito de su herencia, por las molestias, me pidió que no le guardara rencor. Y no se lo guardo, porque dos meses después de aquello me llamó la tía Lydia, muy afectada, para darme la noticia de la esperada muerte del gran Bruno Pezzi. El entierro fue en Madrid, a donde trasladó Lydia su residencia. Respetamos un par de semanas de luto y desde entonces nos vemos con regularidad. Durante los primeros días tuve mis serias dudas, y siempre que salía de su edificio temía que alguien me siguiera para hacerme pagar los celos de Bruno Pezzi a título póstumo. Pero una noche Lydia me enseñó una carta de mi tío, escrita de su puño y letra y dirigida a mí. Sólo contenía seis palabras:

Cuida a Lydia. No me importa.

Desde esa noche, duermo mucho mejor. Por lo que sé, ninguno de los huéspedes y después rehenes se fue nunca de la lengua. Lo de Ignacio salió en todos los periódicos quince días después del fallecimiento. Su cadáver, semidescompuesto, había aparecido en el sótano de un burdel infantil de Bangkok. La policía tailandesa achacó la muerte a un ajuste de cuentas y acusó a un proxeneta. El banquero le había dicho a su familia que se iba de vacaciones al norte de Europa. Fue un bonito escándalo.

Madrid-Getafe, 13 de abril-15 de julio de 2001

Apéndices

1. A MODO DE REGLAS[1]

Esto, naturalmente, es un juego. Creo que tengo el deber de advertirlo porque no es ésta la manera en que suele escribirse una novela, o al menos no es ésta la manera en que yo he aprendido a escribirla. El novelista aspira a controlar la historia, a sentirse dueño de la invención y de la trama, del tiempo de la escritura y de su sentido. En este artefacto, en cambio, me dispongo a renunciar a esa soberanía y a compartirla con otros. Por eso no puedo considerarlo una novela como las demás, y por eso, y también porque en sus páginas me propongo deslizar alguna que otra travesura, afirmo que se trata de un juego. Ahora bien, *juego* no es sinónimo de frivolidad. De hecho, hay juegos extremadamente serios, y algunos hasta se precian de resultar solemnes. Digamos que éste no llega a ese extremo, porque la solemnidad termina estropeando la diversión, y también se trata de divertirse. Pero es lo bastante serio como para tener un motivo y, en consecuen-

1. Este texto precedía a la novela en su edición electrónica. Oficiaba a la vez como lo que el título indica y como declaración de intenciones. Por eso lo incluyo aquí. Se observará que me salté una de las reglas, al proponer cuatro finales para la novela en lugar de tres. Pero la necesidad o el deseo surgió a medida que el libro se escribía, y de ello tuvieron alguna culpa las aportaciones de los lectores. Aunque incumpliera la letra, creí que cumplía (o incluso cumplía mejor) con el espíritu de mi compromiso para con ellos.

cia, ajustarse a unas reglas que me comprometo desde aquí a respetar.

Empiezo por el motivo. Desde pequeño, que fue cuando descubrí el placer de la lectura, he tenido la impresión de que el lector no sólo es quien justifica la existencia del libro (prerrogativa de la que el autor carece), sino que también contribuye de forma crucial a su creación. No creo que el principal valor de un libro se halle en su condición de objeto cultural o intelectual, sino en la medida en que constituye para alguien una experiencia vivida y recordable. Y como tal, aquel que toma sus páginas inanimadas y les insufla el aliento de la lectura, con sensibilidad e inteligencia, es verdadera y cabalmente su creador. Cada lector del *Quijote* crea su experiencia viva de él a partir de las cenizas escritas que dejó un difunto ilustre, pero difunto, llamado Miguel de Cervantes. Y el libro, que ya no necesita a Cervantes, necesita en cambio a ese lector que lo resucita, y que seguramente lo convierte en algo diferente de lo que el propio Cervantes se propuso hacer. La comunidad literaria, en cada época, no es un conjunto de escritores, sino de lectores. Por desgracia, el *star system* que partiendo de Hollywood ha alcanzado dimensiones globales, ha venido a enturbiar y oscurecer esta innegable realidad. Porque no sólo ha propiciado que surjan fenómenos pasmosos de fama gratuita en el mundo del espectáculo, sino que también ha conseguido que esos hombres y mujeres presuntamente conscientes que son o deberían ser los escritores, se crean unos personajes importantes. No son pocos, incluso, los que declaran que les trae sin cuidado el lector. Si el presidente de la General Motors declarase que le trae sin cuidado el conductor, sus jefes se apresurarían a despedirle. Pero a esos escritores se los sigue tolerando, y hasta celebrando a veces. Creo que es hora de proclamar que el lector es el protagonista primordial de esta cosa tan antigua y tan frágil, pero extrañamente resistente, que llamamos literatura. Que no consiste en listas de ventas, elogios de la crítica ni premios mejor o peor dotados de dinero, sino en ese instante silencioso en que alguien se interna con ilusión y generosidad en una historia que otro dispuso para él. Y creo que una buena forma de demostrarlo es cederle a ese alguien, al lector, la capacidad, siquiera sea parcial, de decidir lo que haya de suceder en el libro.

Y ahora, las reglas. La mecánica del juego es sencilla. La novela se divide en seis capítulos. Para cada uno de ellos se propondrán tres finales, que se someterán a votación de los lectores. El final más votado para cada uno de los primeros cinco capítulos, determinará por dónde continuará el siguiente. El final más votado para el sexto y último capítulo será el final de la novela. El compromiso desde este lado del juego es que las opciones de final, tanto de cada capítulo como de la propia novela, serán verdaderas alternativas, que marcarán un curso diferente a los acontecimientos e incluso al propio significado de la historia. Y las elecciones del lector-autor, expresadas a través del voto mayoritario, serán acatadas incondicionalmente. No mataré a nadie indultado por los lectores, por poner un ejemplo (sin perjuicio de que pueda volver a poner la vida del personaje en sus manos). Pero, sobre todo, me resignaré a que la novela termine como la mayoría decida. Se me permitirá que los tres finales que proponga me parezcan válidos, pero no tendré la facultad, como tendría normalmente, de escoger mi preferido.

Así funcionará esta novela compartida, que me honra no poder firmar en solitario, sino en compañía de un grupo de lectores. No es un juego totalmente novedoso (como saben, por ejemplo, los conocedores de ese hermoso libro titulado *El astillero,* de Juan Carlos Onetti, que también permite al lector escoger el final), pero tampoco carece de incertidumbres. Uno de los mejores novelistas del siglo XX, Marcel Proust, dejó escrito que la lectura es comunicación en el seno de la soledad. Confío en que esta aventura, que saldrá como entre todos la hagamos, sirva para pasar el rato lo mejor posible, pero también para probar que la comunicación sigue venciendo sobre la soledad de lectores y escritores; que si leemos y escribimos es, a fin de cuentas, porque seguimos escuchándonos los unos a los otros.

2. Las novelas descartadas[1]

Final descartado 1

La responsable, que como tal debíamos empezar a considerarla, tardó unos instantes en reanudar su discurso. Cuando lo hizo, su voz volvió a sonar firme y decidida, como había sonado desde el primer momento:

–Desde siempre he sabido que vivía en un mundo de mierda, donde los hijos de la gran puta se divertían a gusto y a la gente decente le daban por el culo una y otra vez y encima la tomaban por imbécil. Para mi desgracia, tenía a los hijos de la gran puta demasiado cerca y a la gente decente demasiado lejos. Por eso empecé en la época del instituto a frecuentar ambientes ajenos a mi círculo social. Allí conocí a prin-

1. Este apéndice contiene los finales que los lectores no quisieron que tuviera *La isla del fin de la suerte*, y por tanto, las novelas que este libro nunca será. Sin embargo, todos los desenlaces aquí contenidos hallaron quien los votara (de hecho, entre los tres sumaron más votos que la opción ganadora), y para quienes los eligieron, así es como habría debido acabar la historia. En homenaje a ellos, he creído que debía recogerlos. Por otra parte, y aunque quizá no debería, confesaré que yo mismo prefería uno de estos finales descartados. Podría ocultar cuál, pero dudo que resulte legítimo. Así que revelaré que mi final preferido era el último, lo cual, naturalmente, carece de importancia. La novela acabó como decidieron quienes podían hacerlo. Y la verdad, después de lo sucedido el 11 de septiembre de 2001 en Manhattan, me alegro de que desecharan mi opción.

gados que tragaban sin rechistar, lo que me envenenaba la sangre, pero también a individuos dispuestos a rebelarse y a pasar a la acción. Me pegué a los segundos, por supuesto, y empecé a meterme en movidas. Así pasé unos cuantos años, haciendo el cafre. Me divertía, y sobre todo me divertía pensar que mis padres no se imaginaban lo que tenían en casa. Debo decir, aunque resulte inmodesto, que siempre he sabido actuar de puta madre, y que nunca me ha costado nada aparentar todo lo contrario de lo que soy. Pero en el fondo, sólo eran travesuras. No conseguíamos cambiar las cosas, sólo hacíamos ruido y nos arriesgábamos a que la madera nos diera un mal golpe para nada. Poco antes de cumplir veinte años, conocí a alguien. Era el tipo más listo y con más cojones que había conocido nunca. Él me descubrió la luz. Él me enseñó la forma de hacer verdadero daño a los cabrones. Nada de salir a la calle a quemar contenedores de basura como bobos. Nada de enfrentarse a la policía. Cuando veía en la tele las manifestaciones del movimiento al que yo había pertenecido, me decía: «Míralos, todo lo que consiguen es hincharle un ojo a un poli, que es un desgraciado que está ahí por un sueldo, para dar de comer a su familia. Los gerifaltes del Banco Mundial siguen entrando y saliendo en sus limusinas y fumándose puros». Y tenía razón. Lo que había que hacer era arrearles a los malos. Y para eso había que usar la astucia. Ya os he dicho que no voy a extenderme en pormenores organizativos. Preparamos el golpe minuciosamente. Ha sido una labor de meses, casi de años. Hasta tuve que pasar por el quirófano para algo que me repateaba, pero él me convenció. Con la operación sería mucho más fácil, me dijo, y desde luego que lo fue. Tendimos la tela de araña y atrapamos a la mosca. O a las moscas, debería decir. Luego completamos el equipo, con todos estos colegas que veis aquí, comprometidos con la idea y con el valor suficiente para ejecutarla. Y esperamos la ocasión. Cuando se presentó, supimos que no podíamos desaprovecharla. Era la mejor que podíamos imaginar.

La mirada de aquella criatura helaba la sangre. Pero nos la heló mucho más, todavía, lo que dijo a continuación:

–Ha habido un muerto. Lo siento, tenía que haberlo. Abdelaziz ha sido un poco tímido antes. Se le ordenó liquidarlo, y lo liquidó. Pero no habrá más cadáveres. Tenemos las cintas de vídeo, que es lo que queríamos. A partir de mañana, las distribuiremos por Internet, contando con pelos y señales todo lo que ha ocurrido en esta isla. Y el mundo entero sabrá que, por una vez, los que siempre se van de rositas las han pasado putas. Con la propaganda que esto va a darnos, y con el dinero que nuestra gente de Zúrich ya ha conseguido sacar de vuestras cuentas suizas, nos basta y nos sobra. Así que ahora nos vamos y os dejamos aquí. Cuando estemos a salvo, avisaremos para que vengan a recogeros. Llamaremos en primer lugar a la prensa, supongo que lo entendéis. Cuanto más ruido hagamos, mejor.

Se puso en pie. Todos la mirábamos, sobrecogidos.

–Una última cosa –añadió–. Antes de retirarnos, me vais a permitir que os presente a mi maestro. Aunque su intervención ha sido mucho más decisiva que la mía, ha preferido que todo el rollo os lo largara yo.

Tendió la mano y dijo, con arrobo:

–Querido.

La verdad es que no me sorprendió del todo ver levantarse a Yuri, con una ancha sonrisa en su rostro radiante. Pero la imagen que compusieron él y Lucía, abrazados junto a la piscina, supongo que no dejará de pasmarme hasta el día en que me muera. Y a otros que yo me sé, tampoco.

Por lo demás, Lucía no nos había mentido. No mataron a nadie más. Se fueron y nos dejaron allí, en pelotas y alucinando. Cinco horas después, llegó un helicóptero de la policía, y luego dos o tres más, entre ellos uno preparado como ambulancia. No sé cómo se las arregló mi tío, pero aquello no salió jamás en ningún periódico. Hay rumores de que el vídeo se ha podido ver por Internet, pero siempre que me han pasado una dirección y la he introducido en mi navegador, me he encontrado el mismo mensaje:

Error 404: Page not found

Final descartado 2

La responsable, que como tal debíamos empezar a considerarla, tardó unos instantes en reanudar su discurso. Cuando lo hizo, su voz volvió a sonar firme y decidida, como había sonado desde el primer momento:

–Han sido dos años de trabajo, pero ahora siento que ha merecido la pena. Ya hemos podido probar las claves de vuestras cuentas en Suiza, y salvo la de Pancho, que me veo en el triste deber de anunciar que ha debido de darnos una clave falsa, todas las demás han funcionado perfectamente. Sobre todo, y era lo más importante, las del anfitrión. Creo que la recaudación que eso supone ya nos permite cubrir holgadamente gastos, aunque como podéis ver se trata de una operación bastante costosa. Pero todavía espero que el asunto pueda dar mucho más de sí. Goran no os ha estado grabando porque le guste el vídeo casero. Mañana por la mañana habrá copias de esa cinta en manos de varios destinatarios. Personas que os conocen y os quieren. Y me refiero sólo, naturalmente, a quienes podéis dar algún jugo. Los demás no tenéis que temer. Es posible que alguno de los destinatarios decida poner una denuncia. Cabe prever, por tanto, que los helicópteros de la policía estarán aterrizando en la isla mañana mismo. Así que nosotros, y los peces gordos, ya no estaremos aquí. A los demás os rescatarán entonces y podréis volver a vuestros asuntos. A partir de ahí, bueno, la mecánica de cualquier secuestro. Cuestión de paciencia y de haber preparado la infraestructura adecuada. Pero con la ventaja de haber recogido ya algún fruto desde el comienzo y de haber puesto a disposición de los allegados un vídeo en el que se muestra hasta qué punto pueden estar siendo vejados sus seres queridos.

Al llegar aquí, hizo una pausa. Algo parecía incomodarla.

–Lo que siento, y lo digo de veras, es lo del muerto. No tenía que haber sucedido. Va contra la ortodoxia del secuestro económico matar a la gente a las primeras de cambio. No tenía ningún sentido comercial, además, porque Ignacio era uno de los que podían habernos dado una rentabilidad mayor. Abdelaziz lo ha explicado antes de una manera imprecisa. Quien mató a Ignacio cumplió con su deber, porque el banquero apareció donde no debía en un momento inoportuno e iba a arruinar la operación nada más empezar. Pero si hubiera sabido que estaba disparando sobre uno de los pichones más suculentos, habría intentado evitarlo. Qué se le va a hacer, la perfección no existe y siempre hay errores. Por supuesto, no quiero decir con lo anterior que no estemos dispuestos a matar a alguien más. Eso forma parte del juego, así que los que se queden aquí, que tendrán ocasión de hablar con la policía, o con las familias de los que nos llevamos, díganles esto: si no acceden a nuestras exigencias, estamos dispuestos a todo. Somos profesionales y ya llevamos una muerte a la espalda. No tenemos nada que perder.

En ese momento, mientras sus pensativos ojos verdeazules se perdían a lo lejos, me inspiró tanto miedo como no me había inspirado nadie.

–En fin, basta de cháchara –dijo, poniéndose en pie–. Abdelaziz, nos llevamos a Pancho, a Lucía, a Gonzalo y al escritor. Y al profesor, para usarlo como comodín, si viene al caso. Bueno, y ya sabes a quién más. A los demás los dejamos aquí. No hay que cargar más paquetes de la cuenta.

Pezzi la miró, consternado. En ese momento pude ver, como nunca antes, como nunca en ningún otro, hasta qué extremo la amaba.

–¿Por qué? –murmuró.

Lydia se volvió. En su semblante no se advertía la menor emoción.

–No hay por qué –respondió, secamente–. Son negocios. Un poco más complicados que los tuyos, pero a esto es a lo que me dedico yo.

–Me has engañado como a un cretino.

–Oh, no te sientas mal. Soy buena, y lo he preparado durante años. No es un golpe cualquiera. Si esto sale como espero, me jubilo.

–No te hacía falta –se quejó Pezzi–. Yo te habría dado lo que hubieras querido. Te di todo lo que me dijiste que querías. Y más.

–Y lo acepté, y te lo agradezco. También tengo que reconocerte que han sido dos años agradables y enriquecedores para mí. Más de lo que me esperaba y más de lo que lo habrían sido con cualquier otro. Pero yo soy así. No me conformo con lo que me regalan. Me gusta coger lo que me apetece y como me apetece. Es superior a mí, no lo puedo evitar. A cada uno le divierte algo diferente en la vida. A mí lo que me divierte es esto.

Nos permitieron al fin vestirnos. Separaron a los que iban a llevarse, que bajo la conminación de las armas acataron su destino con resignación, y a los demás nos sugirieron que no nos moviéramos del solárium hasta que el helicóptero hubiera despegado y el yate se hubiera hecho a la mar. No creo que nadie pensara en hacer otra cosa. Antes de irse, Lydia se acercó a despedirse de mí. Estaba bellísima, con su sudadera del Coyote, su pañuelo verde y (debo reconocerlo, aunque suene sospechoso) su Walther P38 descansando en una pistolera de loneta caqui. Me acarició el rostro y dijo:

–Lástima que prefirieras distraerte con otra. Ahora nuestros relojes se separan, y no creo que vuelvan a dar nunca la misma hora. Te recordaré.

Al día siguiente, tal y como Lydia había calculado, vinieron a rescatarnos. La policía sueca me pareció muy amable y considerada. Todos parecían sinceramente preocupados por el mal trago que habíamos debido de pasar.

El primer rehén liberado fue Pezzi, a quien soltaron al cabo de tan sólo una semana. El último, Pancho, pasó en cautiverio ocho largos meses. Todos pagaron religiosamente el rescate, porque aquella policía tan meticulosa y atenta fue incapaz de descubrir dónde los tenían prisioneros.

No leí jamás, en ningún periódico, ni la más insignificante noticia acerca del secuestro colectivo. La muerte de Ignacio, en cambio, sí salió. Pezzi y sus compadres del banco, supongo, prefirieron informar del hecho de modo que no hiciera demasiado ruido ni causara perjuicios a la institución. Oficialmente, Ignacio había muerto de un aneurisma de aorta, mientras dormía. Le pusieron su nombre a la fundación del banco, y eso fue todo.

No he vuelto a ver a Lydia, aunque sueño mucho con ella. A veces incluso fantaseo con la posibilidad de que decida enviar a buscarme, para terminar lo que dejamos a medias. Pero algo me dice que no lo hará.

A nadie que la haya desperdiciado se le repite la ocasión de coger la flor del paraíso.

Final descartado 3

El responsable, que como tal se le debía empezar a considerar, tardó unos instantes en reanudar su discurso. Cuando lo hizo, su voz volvió a sonar firme y decidida, como había sonado desde el primer momento:

–Alá es el único Dios, y Muhammad su profeta. Sí, ya sé que cuando oís esta frase, vosotros, orgullosos europeos opulentos y racionalistas, os desternilláis de risa. Que pensáis que es cosa de fanáticos ignorantes, de harapientos a los que siempre mantendréis al otro lado de vuestras alambradas inteligentes y vuestras cámaras de infrarrojos. O peor aún: creéis que siempre que se os antoje podréis comprarlos, como compráis a esos jeques codiciosos con vuestro oro y vuestros automóviles de lujo. Pero no. No todo el mundo está en venta ni dispuesto a plegarse a vuestro antojo. Y la fuerza de Alá, la fuerza de los desposeídos, es justamente la que os arrasará y os borrará de la faz de la tierra, legando a las generaciones venideras, como un recuerdo felizmente lejano, el testimonio exacto y veraz de aquel tiempo inicuo y aborrecible en el que los miserables gozaban a costa de los justos, en el que los satisfechos engordaban a costa de los hambrientos, en el que los corrompidos se alimentaban de los puros y los inocentes.

Podía verse el terror en todos los rostros. Un terror tan absoluto que los paralizaba de pies a cabeza. Que los aniquilaba, casi.

–Pero ahora –prosiguió diciendo la voz a la que todos se sometían– estamos en plena batalla. Tenemos que demostrar nuestra fuerza, y convencer a los ciegos y a los necios de que no les queda más remedio que someterse a este designio, arrepentirse de sus pecados y emprender el camino virtuoso. Para eso, aunque la fuerza que nos impulsa no sea otra que la fuerza del amor, hay que causar un dolor transitorio e intenso. Habéis sido elegidos como genuinos representantes del mal que estamos resueltos a extirpar del mundo. Podrían haber sido otros, seguramente, pero el ángel oscuro ha pronunciado vuestro nombre. Tal ha sido la voluntad de Alá y contra ella no puede lucharse. Habéis sido escogidos para demostrar a vuestros semejantes su debilidad, para enseñar a todos cómo los orgullosos dominadores no son nada más que sabandijas despreciables cuando tienen que vérselas cara a cara y sin ventaja con la fuerza invencible que nos anima. Gracias a esa cinta de vídeo, exhibiremos ante el mundo entero vuestra insignificancia y vuestra cobardía, y los parias que se arrastran por el fango y el polvo sabrán así que la victoria sobre los poderosos es posible, que con resolución y el aliento de Alá no hay muros ni alambradas ni cañones ni máquinas de ninguna especie que puedan detenernos. Vosotros lo tenéis todo, salvo la fe. Nosotros, salvo la fe, no tenemos nada. Pero sois vosotros los que vais a perecer.

Una segunda amenaza tan expresa, en tan corto espacio de tiempo, era más de lo que algunos espíritus frágiles podían soportar. Empezaron a oírse algunos sollozos. Creí distinguir los de Carolina, Paula, Kurt.

–No –dijo, apiadándose, la voz–. No tenéis motivos para llorar. Alá sabe ser implacable, pero también misericordioso. Ya hemos abatido al peor y más execrable de todos vosotros, y su sangre paga por vuestras vidas. No vamos a mataros, sino a devolveros a los vuestros, acabados y vencidos. No sois aún vaina para la espada del ángel exterminador. Sois, por el contrario, un símbolo y un mensaje. Y los mensajes deben ser entregados.

Me puse en pie, me ajusté el cinturón del albornoz. Apuré sus miradas, en las que el horror impedía que aflorase el odio. No voy a disfrazar lo que estaba haciendo. El lector sabe que no soy creyente, porque así lo dije antes y al lector, aunque no siempre le haya mostrado la verdad completa, en ningún momento le he mentido. Es obvio, por tanto, que acababa de soltar un discurso fingido, que me estaba riendo abyectamente de aquella pobre gente. Sí, soy un personaje abyecto: no me esforzaré en absoluto por negarlo. El mal, ya lo dije antes, existe y está en nosotros. En vosotros también, porque sois vosotros quienes me hicisteis así. No lo olvidéis nunca.

Embarcaron todos en el helicóptero. Bueno, todos no. Me quedé a Lydia con la promesa de soltarla más tarde, una vez que Raymond me confirmara por radio que los había dejado en el aeropuerto de Estocolmo y que había vuelto a despegar sin novedad. Eso les dije, y lo creyeron. Pero Raymond, que era un muyahidín convencido, estrelló el helicóptero contra las frías aguas del Báltico, que los engulleron a todos y aún los cubren. El gobierno español y el sueco no terminan de ponerse de acuerdo sobre quién debe pagar a los caros buzos noruegos que podrían sacarlos de allí.

En cuanto a Lydia, el paso de los días la va convenciendo de que le conviene servirme de buen grado como hurí terrenal. Ya que no espero que me toquen las del paraíso, sus favores son un consuelo. Sería demasiado complicado contar cómo he acabado dirigiendo un grupo islamista radical, pero hay algo que sí puedo decir: lamento de corazón no poder creer en esta religión, porque en términos generales me parece muy hermosa y satisfactoria.

3. Mensajes del traidor[1]

Día 1

Conviene que los ratoncitos tengan unas cuantas horas de paz, incluso de aburrimiento, antes de descargar sobre ellos el siguiente estímulo. Observar la conducta de cada uno, cómo se organizan ante la anomalía. Siempre se organizan de alguna forma, aunque sea grotesca e inútil. Los ratoncitos, estos ratoncitos, creen en el orden de las cosas, e intentan restaurarlo como sea. Levantan un orden, cualquiera, y una vez que lo han hecho, se sienten menos en peligro. Hay que dejarles que jueguen, que revuelvan un poquito incluso. Y después, volver a revelarles el horror que tan afanosamente han estado enterrando en sus cerebritos. Hacerlo con dureza, de forma que se sientan como lo que son, pobres ratoncitos, y no protagonistas de sus respectivas películas. Es oportuno fijarse en cómo reacciona cada ratoncito ante el regreso del horror. Y tenerlo en cuenta para elaborar y ejecutar debidamente el siguiente paso.

1. Estos mensajes, más bien traviesos, los empezaron a recibir por correo electrónico, a partir del cuarto capítulo, los lectores que así lo desearon. Vendrían a reflejar las meditaciones que el asesino, a medida que se desarrollan los acontecimientos narrados en la novela, confía a un secreto bloc de notas.

Día 2

Una regla que no puede dejar de observarse nunca, so pena de arruinar el experimento o arriesgarse a no extraer de él todo su potencial, es la de proporcionar, mezclado con el espanto, un estrecho horizonte de esperanza. Los ratoncitos deben atisbar un rayito de luz, pero éste debe ser tan tenue y dudoso que sólo un ratoncito tonto pueda creer en él. El experimento va innegablemente por buen camino cuando los ratoncitos, a pesar de lo improbable de la esperanza que se les ofrece, deciden abrazarla y cumplir con las condiciones que les hemos impuesto. Y marchará tanto mejor en la medida en que la cuestión haga surgir disensiones entre ellos. Siempre los hay más fuertes, más orgullosos, menos dóciles. La experiencia dice no obstante que todos acaban igualándose en la sumisión, si se ha procedido correctamente. Existe, eso sí, un riesgo, que no se nos debe ocultar. Al verse entre la espada y la pared, algún ratoncito audaz puede sentir la tentación de rebelarse (total, si no tengo nada que perder...). Pero el triunfador es el que convierte los riesgos en oportunidades. El díscolo será el mejor medio de recrudecer el horror.

Día 3

El momento quizá más comprometido es el de hacer caer las máscaras. Grave fallo el de todos aquellos que no meditan lo suficiente sobre lo delicado que es el acto de desvelar. Hay quien cree que descubrir es simplemente apuntar la luz hacia lo que estaba oculto. Pero sólo descubre de veras el que, después de mirar el corazón del misterio hasta entonces escamoteado, intuye un misterio más vasto y terrible detrás. Ésa es la sensación que debe buscar el experimento. Ésa, y también el humor. Tenemos el deber de intentar vivir humorísticamente porque, lo queramos o no, vivimos trágicamente. Lo uno conduce a lo otro, sin remedio. Por eso valoramos la paradoja, el contraste, lo que no encaja. Todo lo que encaja nos aburre, nos liquida. Vivir es sentir el estupor, el desbarajuste, el gran error que somos y nunca dejaremos de ser. He ahí porque el Mal elegirá manifestarse ante los ratoncitos bajo la apariencia del bien que tanto esperan, de lo que siempre creyeron que sería su salvación. Nos acusarán de crueldad y hasta de dejarnos llevar por el odio. No importa. El mundo es lucha y dolor. Sin la una y sin el otro, nada puede hacerse. Aunque los ratoncitos, estúpidos, sólo piensen en tener llena su ridícula pancita.

Índice

Impreso en Liberdúplex, S. L.
Constitución, 19
08014 Barcelona

booket